夏晓虹著作系列

夏晓虹 著

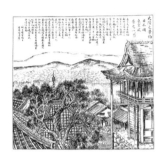

晚清人物寻踪

图书在版编目（CIP）数据

晚清人物寻踪/夏晓虹著. —北京：北京大学出版社，2019.11
（夏晓虹著作系列）
ISBN 978-7-301-30736-6

Ⅰ.①晚⋯　Ⅱ.①夏⋯　Ⅲ.①随笔－作品集－中国－当代　Ⅳ.①I267.1

中国版本图书馆CIP数据核字（2019）第191230号

书　　　名	晚清人物寻踪 WANQING RENWU XUN ZONG
著作责任者	夏晓虹　著
责任编辑	徐　迈　延城城
标准书号	ISBN 978-7-301-30736-6
出版发行	北京大学出版社
地　　　址	北京市海淀区成府路205号　100871
网　　　址	http://www.pup.cn　　新浪微博:@北京大学出版社
电子信箱	pkuwsz@126.com
电　　　话	邮购部 010-62752015　发行部 010-62750672 编辑部 010-62752022
印　刷　者	涿州市星河印刷有限公司
经　销　者	新华书店
	650毫米×980毫米　32开本　7.5印张　113千字 2019年11月第1版　2019年11月第1次印刷
定　　　价	58.00元

未经许可，不得以任何方式复制或抄袭本书之部分或全部内容。
版权所有，侵权必究
举报电话: 010-62752024　电子信箱: fd@pup.pku.edu.cn
图书如有印装质量问题，请与出版部联系，电话: 010-62756370

目 录

小引 / 陈平原 001

扶桑：追寻历史的踪迹（关东篇） 001

    体验"一衣带水" 001

    梁启超・明治小说 002

    王韬・黄遵宪・明治诗文 005

    不忍池・上野山・西乡隆盛铜像 007

    孙中山・章太炎・同盟会 010

    大隈重信・早稻田大学・演剧博物馆 015

    清议报・新民丛报・大同学校 017

扶桑：追寻历史的踪迹（关西篇） 025

    环翠楼・明治村・牛肉店 025

    德富文库・梁启超・罗振玉 032

碧光园·王国维·永观堂 038

时代祭 042

美国：大洋彼岸的历史遗存 045

梁启超·奠基石·自由钟 045

李鸿章·杂碎馆·格兰特 050

须磨：寻找康梁故居追记 058

仓促上路 058

舞子的孙中山纪念馆 061

不见梅花的须磨寺 067

千守町一丁目的故居 070

误认长懒为双涛 075

长懒园余话 082

[附录]

赋长懒园十五章（康有为）......088

须磨游存簃夏日即事六首（康有为）......093

香山：梁启超墓园的故事 095

梁启超墓与母亲树 095

先行安葬的李端蕙夫人 102

墓园的购建经过 109

提前到来的梁启超葬礼 115

墓园的兴衰与逝者的命运 122

[附录]

亡妻李夫人葬毕告墓文（梁启超）......127

祭先师梁启超文（吴其昌）......132

同里：曾经有过的荣光 134

从常熟到吴江 134

退思园的功能 136

革命教育的芽蘖 145

绿玉青瑶馆里的后人 154

[附录]

明华女学章程 166

澳洲：寻找梁启超文踪 168

缘　起 168

墨尔本 172

悉　尼 178

北　京 185

布里斯班 189

［附录］

赠梁任公先生回国七绝四首（吴济川）......191

和吴济川赠行即用其韵（梁启超）......192

留别澳洲诸同志六首（梁启超）......193

箱根：跟着梁启超，夜宿环翠楼 195

前往环翠楼 195

爱赏美景的中日政治家 200

康有为在环翠楼 205

梁启超与环翠楼 213

告别环翠楼 221

后记 227

补记 230

小 引

陈平原

十四年前,我为夏君的第一本小书《诗界十记》写序,提及其热爱旅游的癖好,其中有这么一段略带调侃的话:"唯一未能免俗的是喜欢翻翻名胜辞典,走一处圈一处,好端端一部辞典涂得花花绿绿的。"书出版后,拙序大受赞扬,友人中颇有希望一睹那"涂得花花绿绿"的名胜辞典者,害得夏君不断辩解,称那是早已放弃的"不良习惯"。

夏君之所以放弃此习惯,其实并非省察到此行为有何"不良",而是有感于文物部门与旅游行业通力合作,使得"名胜古迹"迅速增加,远非区区辞典所能涵盖。随着学识的日渐丰厚与眼界的日渐开阔,夏君不再满足于各类辞典的简要介绍。开始时,夏君还很认真,每次旅游归来,亲笔订正辞典上不太准确的解说;后来发现改不胜改,干脆束之高阁,不屑一顾。

时光流逝,岁月不居,如今已饶有阅历的夏君,"热爱旅游"的癖好依旧,只是将早年涂抹辞典的行为,变成了不时撰写些我很喜欢的"学术游记"。

"学术游记"这词,是我杜撰出来的,为的是便于解说夏君那些不太空灵、因而偏离"文学"的游记。夏君出游,赏玩山水,但更欣赏带有人文气息的历史遗迹;喜爱国外的,但更喜欢国内的名胜景观——尤其涉及晚清史事者。除了早年从事过关于《诗经》、杜甫的研究,最近十几年,夏君的学术兴趣,始终集中在晚清社会与文化,尤其是梁启超。这就难怪其趣味盎然的"寻踪",会以"晚清人物"为主题。

说实话,我也喜欢"寻幽"与"访古"。因此,每回与夏君结伴同行,双方都很愉快。同样有强烈的好奇心,又同样以文字为业,每回出游途中,都相约要写点东西。可事后证明,好多当初让我们激动不已的"新发现",均属少见多怪,早有"崔颢题诗在上头"。加上旅游归来,坠入杂乱的日常生活,忙于教学等本职工作,那些旅途上的奇思妙想,很快便被抛到九霄云外。

相比之下，夏君比我强多了，不满足于"东张西望"，而是始终扣紧晚清，当时写下的笔记，日后鬼使神差，说不定什么时候就派上了用途。单从文字上看，夏君的游览很潇洒，顺手拈来，纵横古今，似乎记忆力特好。其实，那是持之以恒关注的结果，或者干脆就是有备而来，书包里藏着相关资料。如此"拆穿西洋镜"，并无贬抑夏君文章的意思，而是想突出其游记的特色——既有人文景观的"寻踪"，也包含某些学术上的"发现"。

七年前，也是挥汗成雨的三伏天，夏君为我的《阅读日本》撰写五千言长序，叙述"周游日本"的共同经历。这回夏君出版《晚清人物寻踪》，轮到我来为其"小引"。记得夏君那篇长序是这样开篇的："读书人真是不可救药，'周游日本'最终变成了'阅读日本'，而且读后有感，写成文字，结集成书，这确是平原君一贯的作风。"当初标榜游览时一无牵挂、"乐不思其他"的夏君，这回出版比"阅读"还要严肃的"考据"之作，让我大为开心，起码日后偷偷写作游记时，不用再"自惭形秽"了。

2002年7月17日于京北西三旗

扶桑：追寻历史的踪迹（关东篇）

体验"一衣带水"

1992年，我得到一个机会访问东瀛。听说10月是日本赏秋景最好的季节，于是向东道主表示希望安排在此时，竟得如愿以偿。

坐在日航宽大的机舱里，看到下方悬浮的白云疾速后移，预计四小时后便可抵达东京成田机场，对于所谓"一衣带水""一苇可航"这样的形容，算是有了亲身体会。遥想在交通尚不便利的一百多年前，黄遵宪已有与现代人相同的感觉，"仅隔一衣带水，击柝相闻，朝发可以夕至"，仍不免慨叹其时中国人对日本情形之暗昧，"如隔十重云雾"（《日本国志·自叙》）；则我这位姗姗来迟的探访者，想要追寻明治时期中国文人学者在日本的历史踪影,现代技术手段于弥合空间距离的同时,是否也可以帮助我跨越这百年的时间鸿沟呢?

我的主要接待者、东京大学文学部的藤井省三教授,已事先为我预订了校内山上会馆的房间。第二天发现,我住宿的窗口正对着大片新建的现代化体育场,而旅馆的另一侧,隐藏在树丛中的,便是根据夏目漱石发表于明治四十一年(1908)的同名小说命名的三四郎池。我在昨晚夜幕的包围下,已不知不觉潜入这一方联结两个时代的中介地,或许是个好兆头。

梁启超·明治小说

在东京大学最先访问的便是明治新闻文库。上午与藤井教授见面时,他告诉我这个文库很有意思,值得看看。"当然",他同时补充说,"你的访问时间很短,恐怕无法查找很多资料。"我们都相信来日方长,对东大的藏书调查于是采取了走马观花式。明治新闻文库很清静,大约因为只有专门的研究者才会寻到此处。进门的桌子上放有藏书目录,厚厚的几大册。这种专题收藏本来对于我很有用,只是借阅须经图书馆员代为检出,不太适合我快速浏览的需要,只好弃而他就。

总合图书馆的藏书虽不够专门,却具有自行入库取书的方便。没有时间在书架间流连漫步,一入书库,预先作过准备的东大博士生清水贤一郎便带领我直奔主题。一排排挤满书架的明治小说,正是我在北京作"梁启超与日本明治小说"研究时无缘得见的原版书。分装数函的《佳人奇遇》,精装一册的《经国美谈》,大大小小各种开本的小说,展现了明治时期流行读物的诸般品貌。一个世纪以前,康有为编纂《日本书目志》时,就是借助这些托行商日本的同乡购回的通俗小说及图书目录,才得以完成"小说门"一千零五十八种的大规模著录。其敏锐与专注真令人惊叹。

经过清水君的提示,翻开在梁启超主办的《清议报》上曾连续译载的《佳人奇遇》与《经国美谈》原书,果然有新发现。在国内作研究时使用的《现代日本文学全集》(改造社版)或《日本近代文学大系》(角川书店版),其中选录的政治小说已删去或添加假名改写了当时十分流行的眉批,只原样保留了回末总评。根据这种并非原貌的版本进行研

 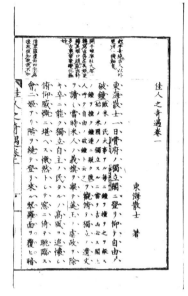

京都大学图书馆藏《佳人奇遇》日文本1897年版内封、首页

究，便很容易忽略梁启超创办《新小说》、发表《新中国未来记》时出现大量眉批的日本文学背景。眉批在中国固然是古已有之，不过，这两部日文小说的眉批是用汉文写成，这一事实毕竟具有重要意义。当梁氏在流亡日本的旅途中，由大岛号军舰舰长借予《佳人奇遇》，遂动手翻译，连同接受日本"政治小说"的样式一起，被域外文学所照亮的古老的小说眉批，一定也以新的面目与意义重新进入

梁启超的视野。所谓"传统的再生与转化",看来并不是现代人才开始争论不休的棘手问题,我们的先辈其实早在自觉或不自觉地实践着,只是没有发表宣言而已。

王韬·黄遵宪·明治诗文

除了梁启超,王韬与黄遵宪在日本的活动也是我关注的重点。再次来到总合图书馆,便是专门访求与二人相关的史料。赴日前,因准备在京都的讲演稿《王韬、黄遵宪在日本》,借阅过北京大学图书馆收藏的日人宫岛诚一郎的《养浩堂诗集》,其中正好同时收录了黄、王二人的评点。此次在东大重见此书,偶然发现,北大的藏本居然在卷末多出附录的《笔话九则》,尽管版本同样标明是"明治壬午新镌万世文库藏板"。遗落的原因,或许是因为装订成书时漏检,更大的可能性则是重印时有所增补。与源辉声保存的《大河内文书》中有关黄遵宪的部分已整理出版不同,宫岛诚一郎和中国人士的笔谈录尚未公布于世。这几则遗存在当年《诗集》刊本中的笔话,多少揭开了尘封已久的史料的一角。不过,东大的藏本仍具有得天独厚的价值,为北大本所不及,那就是盖在内封上的"大正十三年四月七日三

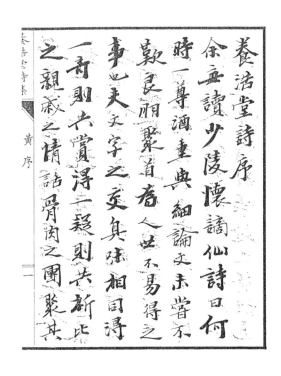

黄遵宪为宫岛诚一郎《养浩堂诗集》（1882年版）所作序（杨守敬书）

条实宪氏寄赠"的图章，表明此本与宫岛有着特殊的关系。《养浩堂诗集》所刊第一篇序，作者为宫岛的老朋友三条实美。而据日本御茶水女子大学佐藤保先生的考证，赠书者正是其孙。可以肯定，此本应是该诗集最早的版本。

像宫岛诚一郎这样热心汉学的日本文士，当时很有一些人与黄遵宪、王韬相交往，也如同中国文人一样喜好"以诗文会友"，因此，明治年间作汉诗、写汉文的诗社、文社组织颇多。王韬在日本虽不过逗留四个月，逐日撰写的《扶桑游记》中，已随处可见参加诗酒之会的记述。其中提及的以佐田白茅为首的大来社及其定期发刊的《明治诗文》（后改名《明治文诗》），规模便相当可观。明治十四年（1881）一月更名以前，社刊至少已出至五十六集。所载有社集时之命题作品，也有任意之作并社外友投稿，附录社评及诸家评点。黄遵宪、王韬与社中多人相熟，屡有诗文或评点登诸其中。应酬套话固多，但也有些资料可补阙闻。如第四十二集"外集"部分录有王韬的《粤逆崖略》一文，于太平军始末的记述中议论间出，以见洪、杨横行天下之势根源于朝政之窳败。一篇史论，实为王韬所谓"未干当世"的"杜牧之《罪言》"。转载之文末附佐田白茅评语："先生来访之次，余问曰：先生得意之文为何篇？先生即示此篇。"这对于了解曾经化名黄畹、上书太平天国驻苏福省长官刘肇钧，为攻占上海出谋划策的王氏心理，颇有助益。

不忍池·上野山·西乡隆盛铜像

日本文士的聚会，常在风景名胜地的茶亭酒楼，大约也有意借山川之灵气。王韬1879年5月到东京之日，便正赶上一月一集的东台之会,有二十二人来聚,王氏夸说为"一时之秀,萃于此矣",地点即在不忍池边的长酡亭。我本打算探访遗迹,于是留心在图书馆里寻觅相关地图。只发现一张"上野公园之图",却恰好是明治时期著名的文学家森鸥外的藏品。图上没有标出长酡亭的位置,想来是在忍冈一侧统称为"卖店敷地"的商店区。

从东大附属医院穿过,行不数步,便来到不忍池边。10月不是赏樱花的季节,看不到被黄遵宪讴歌为"倾城看花奈花何""十日之游举国狂"(《樱花歌》)的盛况。代替摩肩接踵、游人如织的场景,冷冷清清的池边,只见到一位穿着颇为陈旧、约莫五十多岁年纪的男子,困倦地靠在长椅上晒太阳。这一天是为纪念奥运会在日本举办而设立的体育日。听说当时为确定开幕式日期,曾查阅了历年的气象资料。因此,10月10日难得下雨。这也是我到东京以后所遇到的两三个晴天之一。在阳光的照射下,池水、荷叶、寺庙都明丽如画。

走过辩才天,登上上野山,又是一番景象。在鸽群栖落的十字路口,一边是三位已届退休年龄的日本老人,在卡拉OK音响的伴奏下,自得其乐地即兴演唱歌曲;

西乡隆盛铜像

另一边是一位身上装备了各式乐器，来日本淘金的西方流浪艺人在举行街头演出，琴盒里有驻足赏乐的游人投放的钱币。这一幅现代街头即景，已为登临此处的王韬、黄遵宪、梁启超诸人所不及见。只有与福泽谕吉并称为"日本维新二伟人"的西乡隆盛，其铸成于明治三十年（1897）的铜像仍矗立原处。武士打扮的西乡，一手牵狼狗，一手握腰间佩剑，目光沉毅，英武不减当年。1899年底，梁启超

出游夏威夷前一日,曾到此像前瞻拜,作诗曰:

> 东海数健者,何人似乃公?
> 劫余小天地,淘尽几英雄。
> 闻鼓思飞将,看云感卧龙。
> 行行一膜拜,热泪洒秋风。(《壮别二十六首》其七)

今日至此,已成访古,没有梁氏那般心事相通的悲壮感慨。倒是漫山翻飞的鸽子不时在西乡隆盛光亮的头顶上歇脚,留下一片污迹,成为游人举起相机争相摄取的奇观。

孙中山·章太炎·同盟会

去寻访清末中国革命志士活动遗迹的那天,正是据说在10月很少见而我不幸屡屡遇上的雨天。不过,蒙蒙细雨很容易勾起思古之幽情,对于追寻历史踪迹的我,恰是合适的氛围。东大文学部中文科主任平山久雄教授主动提议做我的向导,使我大为感激。

平山先生对东京的文化遗址极为熟悉,我于是冒昧地向他请教明治时代新桥、柳桥与吉原的区别,因为对"异地烟花，殊乡风月"很有兴趣的王韬，每每在游记中乐道涉足此间。平山先生的回答是：新桥、柳桥多艺妓，吉原多娼妓。我常常有这种想法，研究中国古代文人社会，不可不探究青楼女子的生活情态。日本过去时代的文人与歌楼妓馆的关系，同样是值得去做的好题目。不知女性主义思潮的兴起，会不会有助于此项研究的深入。

胡思乱想之中，已尾随平山先生进入新宿区的神乐坂。当年这一带是中国留学生与流亡知识者的聚居地。据刘大年先生在《横滨、东京孙中山遗迹访问记》中分析，因为弘文学院、东京大学、法政大学、早稻田大学等校均距此不远，上学方便；而且此地不是政治、商业中心，居民多为公教人员与城市平民，房租便宜。所以，孙中山、黄兴等人的寓所以及《民报》等机关均择邻于此。

走进筑土八幡町的小巷，便很能感受到昔日住宅区所拥有的那份幽静。小巷的尽头，一座米黄色的小楼，便是孙中山1906年前后曾经借寓的故居。门前没有任何标志，只是凭着中日学者的热心考察，它才重新在少数有心人眼中显示出历史价值。而对于当地人来说，隔壁的筑土八幡神社无疑更赫赫有名。早年居住或往来此间的孙中山、黄兴、章太炎、鲁迅、周作人，应当目睹过该神社的祭祀活动。留心日本民俗的周作人，日后在《关于祭神迎会》一文中曾有追述。所记虽不必限于筑土八幡，而日本民族那种全身心投入的宗教狂热，总让周作人隐隐不安。今日在绵绵细雨笼罩下的神社，已洗去尘世的喧嚣。阒无人声的前庭里，只有我们两位偶然的闯入者。从后面绕过来，神社与民居毗连，显得平易可近。一旦撑着雨伞拾级而下，到路口蓦然回首，高踞顶上的神社又仿佛远离人间，肃穆威严，令人生敬畏心。

居留日本时期的章太炎

重新转进刚刚经过的居民区，向前走去，拐入小巷深处，便来到了《民报》遗址所在地。明治四十一、二年（1908、1909），章太炎先生应鲁迅的请求，在《民报》社寓所讲授国学，学生中除周氏兄弟，尚有许寿裳、钱玄同等共八人。许氏于章太炎殁后，作《纪念先师章太炎先生》，记受业情形云：

> 每星期日清晨，步至牛込区新小川町二丁目八番地先师寓所，在一间陋室之内，师生席地而坐，环一小几。先师讲段氏《说文解字注》，郝氏《尔雅义疏》等，精力过人，逐字讲解，滔滔不绝，或则阐明语原，或则推见本字，或则旁证以各处方言，以故新谊创见，层出不穷。即有时随便谈天，亦复诙谐间作，妙语解颐；自八时至正午，历四小时毫无休息，真所谓"默而识之，学而不厌，诲人不倦"。

而此八番地宅邸，因世事变迁，门牌改动，已不可精确复指。

1905年同盟会成立大会会址倒不难指认，却又是地貌大变,原先的坂本舍弥子爵住宅已荡然无存,代之而起的是与帝国饭店齐名的大仓饭店及其对面的大仓集古馆。我们坐出租车上来,已是饭店的第五层。在楼内略为巡视,也看到了考究的会议室,可惜已与同盟会了无关系。随即乘电梯下到底层,便完成了此番晚清革命志士在日遗踪的探访。

这次访查印证了数日来我的一点发现,日本的中国学研究者偏爱具有革命倾向的人物,对有关史料更关注,论说颇用力。这与中国二十世纪八十年代以前的学术方向大体相同。日本史学界有专门的"辛亥革命研究会",自1981年开始编发《辛亥革命研究》专刊。文学界则凡属现代方面的研究者,无不从事过鲁迅著作的研讨。与此数人相关的遗址,不乏关心与通晓者。同样在日本,流亡时间长达十四年的梁启超,便因其保皇党的名声不好,而没有这么幸运。他在东京住过的多处住宅,也不见有人提起。而其初到日本曾借住的牛込鹤卷町四十号,以及1899年梁氏与原时务学堂学生蔡锷、林圭等人共居的小石川久坚町,均在革命派活动地区周围。如今随着中国国内学界对改良派的重新认识,康有为、梁启超等人的研究已开始辐射到日本，被冷落的这一批中国文化人活动遗存，大概也有望获得中日研究者的关照。

大隈重信·早稻田大学·演剧博物馆

平山先生下午在早稻田大学兼课，他把我带到该校大隈重信铜像前，移交给下一位陪同人。快到上课时间了，学生们纷纷从校外涌入，急促地奔向各个教室楼。大隈重信是这座在中国留学史上颇负盛名的大学的创办人，为纪念他而建立的铜像有两座，一取站姿，一取坐姿，却无一例外，都身穿博士服，头戴博士帽。

大隈重信也是与中国近代史有关系的重要人物。梁启超出亡日本时，便很得其照顾。大隈时任首相兼外相，梁氏到日本不久，即与其代表志贺重昂商谈过借日本政府之力，帮助光绪皇帝复位之事。第二年在首途夏威夷的船上，梁启超作《壮别二十六首》，也专有"别大隈伯一首"，先说："第一快心事，东来识此雄。"末尾又重提前言："牛刀勿小试，留我借东风。"这种交往大致保持到梁氏离开日本归国，《饮冰室合集》中还收录了一篇1910年发表的《读日本大隈伯爵〈开国五十年史〉书后》。

或许是由于大隈重信的关系,早稻田大学以培养政治人才闻名日本;而明治二十年代起执教该校的文学家坪内逍遥,也成为早稻田的骄傲。其《小说神髓》一书,一向被视为日本近代文学开端的标志,近乎胡适的《文学改良刍议》、陈独秀的《文学革命论》在中国。坪内逍遥一生创作甚丰,用力最多的还是戏剧。他不仅两次翻译《莎士比亚全集》,从事剧本创作,而且发起戏剧改良与新剧运动,被人们称为"剧坛之父"。1928年,为纪念其古稀寿诞,早稻田大学在校内,特为他建立了演剧博物馆。博物馆是按

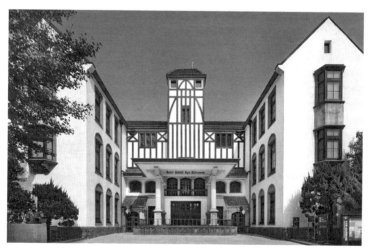

早稻田大学演剧博物馆

照坪内逍遥意图建造的两翼伸出的小楼，正中可作舞台，里面的展室可作乐池。红色的屋顶、白色的墙壁，配上正面褐色的线条切割，总体建筑风格系采自莎士比亚时代的命运剧场。

不须购票，也没有人在旁监督，入门者把随身携带的雨伞挂在门边的伞架上，即可自由观赏。馆内收藏了大批戏剧资料，徜徉于各个展室，日本戏剧发展的历史便依次呈现眼前。在"明治以降的演剧"展厅内，我发现了一张明治十四年新富剧场的图绘，不禁喜出望外。王韬在《扶桑游记》中，两次记其往此处观剧，虽比画面时间早两年，到底相去不远。明治前期剧场的情景历历在目：观众席地而坐，座位之间以低矮的围栏分隔开，恰如王韬所述，"从高视之，方罫纵横，如画井田"，与今日置身银座西式的歌舞伎座，观感截然不同。数日后，到位于犬山市郊的明治村参观，亲身走进从大阪迁移来的吴服座场内，总算实地体验了王韬当年的感觉。

清议报·新民丛报·大同学校

离开东京的前一天，是由清水贤一郎君和他的女朋友陪我去横滨。此行的访查重点是梁启超在横滨的办报活动。事先,平山久雄先生为我复印了一批资料,其中松本武彦在《辛亥革命研究》上连载的《日本的辛亥革命史迹与史料》最具参考价值。自 1898 年 12 月《清议报》创刊,到 1907 年 11 月《新民丛报》停办,报社社址几经变迁,终不出旧日的外国人居留地,而以今名中华街的华侨聚居区为中心。

从善邻门进入中华街,满眼尽是熟悉的街名与店名。作为主干的中华街大道通贯小区,除中山路外,其他路段多以地名命名,如广东道、香港路、北京小路、上海路等,俨然一个小中国。店名也有浓厚的中国风味,老字号如"万珍楼""聘珍楼"不必说,即便是"老维新号""东方红",也带出中国历史的投影。先已听说,中华街的门牌号码百年来一仍其旧。然而,经过 1923 年关东大地震的破坏,房屋已全部改建,鳞次栉比的店面将同一房号分为数家,门前又无标识,让人看不出究竟。走进一家餐馆询问,也只知道自家门牌,说不清分界在何处。幸好还有知情者,按照店中人的指点,我们寻到另一处小铺。一位老太太独守店中,向我们展示了一张外套塑料薄膜的旧地图,各处号码一清二楚。我一边庆幸自己的运气不错,一边努力记住地理方位。再三向老人家道谢后,一行人重又折入善邻门。

《清议报》初设于一三九号,至第三十一册后变动过一次,而从第七十一册起,直到《新民丛报》第三十三号,均在一五二号。其时正当梁启超热心报事、言论影响力最大的时期,《戊戌政变记》《新史学》《新民说》《论中国学术思想变迁之大势》等一系列名文,俱在此问世。梁氏往来横滨,也留宿此间。因此,两处遗址非实地踏勘不可。一五二号为从善邻门进来左手第三个号码,这是一家中国土产商店,我虽然明明从旅游手册上知道此店创办不过四十年,仍忍不住一直走到三楼,想象着梁启超当年在此伏案疾书的情景。一三九号也在街角,不过已到了中山路的另一端,对面是横滨华侨总会。只是这一处多为茶室、电工商店等小店,不好确指,只得拍下一张街景,权示到此一游。

横滨华侨总会及其背后的横滨中华学院,占据着一四〇号的地界,后者即是在近代史上颇有名气的横滨大同学校。据冯自由《中华民国开国前革命史》与《任公先生事略》

横滨大同学校初期校舍

记述，1897年冬，横滨华侨邝汝磐、冯镜如等有组织学校以教育华侨子弟之议，欲由国内延聘新学之士担任教员，就商于孙中山。孙乃荐梁启超为校长，代定校名曰中西学校。邝氏持孙中山介绍信到上海见康有为，康以梁启超其时正从事《时务报》工作，遂推荐另一弟子徐勤代往；且谓"中西"二字不雅，更名为"大同"，并亲书"大同学校"四字门额为赠。关于孙中山荐举梁氏一事，梁女令娴及梁之弟子何天柱虽否定此说，但无论如何，梁启超撰写的《日本横滨中国大同学校缘起》，确已刊载于1897年12月出刊的《时务报》第四十七册。文中标榜"以孔子之学为本原，以西文日文为通学"，从今日教学楼正门上方书写的"礼义廉耻"四字校训中，仍可看出中华文化一脉相系的传统，虽在海外，亦未隔绝。横滨大同学校原与改良派关系甚深，连日后与梁启超反目的冯自由也并不讳言。不过，至今校方却只认孙中山为该校创始人，简朴的校园内，也仅有孙中山铜像与苏曼殊文学纪念碑并肩而立。

横滨中华学院的侧面，一墙之隔，便是中华街上最豪华的建筑关帝庙。高大的门楼引导人们走上金碧辉煌的殿堂，镂刻精细、人物鸟兽凸现的石柱显示了造价的昂贵。这已是关帝庙的第四次兴修。作为保护神，关羽一向最得华人社会崇仰。而世界各地唐人街的关帝庙中，又以横滨这座最气派。中国讲求实际的民间信仰，在此处有集中表现。除主神关羽之外，观音菩萨、地母娘娘等众神也同受供奉，相安无事，以满足世人不同的心愿。1879年，王韬东游至此，恰逢民间传说的关羽诞辰，"故华人之商于横滨者，铿锵歌舞以侑之"，"锣鼓喧阗，笙箫如沸，士女来观者，络绎不绝，几于袂云而汗雨"。连何如璋、张斯桂两位驻日正、副公使，也要专程从东京赶来进香（见《扶桑游记》）。

其时,关帝庙建成不过六年。今日游观,我有幸从关帝庙管理人员手中讨到最后一张"横滨中华街案内图",图中仍标明每年的"横滨关帝诞祭"是重大的节庆。

在有关横滨的材料中,出现频率最高的词语大概是"文明开化"。即使非卖品中华街地图,也以"展示横滨文明开化的历史"作为该街区的定语。横滨自1859年开港,结束了幕府时代二百年的锁国状态,便成为近代日本输入西方文明的一大通道。迄今,横滨人的穿戴仍比东京人更时髦,虽然两城相距很近。开港是明治维新的前奏,研究这一段历史的学者必定光顾的一个去处,就是横滨开港资料馆。此馆的前身为原英国总领事馆。我们

横滨开港资料馆门票

到达那里时，馆内正举办题为"横滨全景图"的定期展览。从开港后第二年，到二十世纪五十年代，横滨各处的街市景观以全景式的摄影，一次次出现在我们眼前。我最感兴趣的自然是明治年间横滨居留地的图片。在铺满一面墙的巨大的横滨街道图上，一些可以确定的建筑物照片，被一一固定到相应的位置，令人一望可知早先的街区格局。现在的中华街，只是原居留地的一部分。我在地图上，轻而易举便找到了一五二号与一三九号。回到明治三十年（1897）拍摄的两张居留地全景照片前，力图分辨出《清议报》与《新民丛报》社原址，终于还是迷失在一片屋顶的海洋中。最后，我以六百日元买到一张1865年法国人绘制的标明住宅编号的横滨地图，可随时作今昔比较，感觉此行还是大有收获。

对于游客来说，横滨最吸引人的地方还是海港。一艘被称为"太平洋女王"的豪华客轮冰川丸号，自1961年退役以来，即停靠在岸边，成为一种特别的展览馆。十九世纪末，距离新世纪来临仅有十二天，梁启超从横滨乘"香港丸"出发去夏威夷时，曾慨然有言：

> 虽然，既生于此国，义固不可不为国人；既生于世界，义固不可不为世界人。夫宁可逃耶？宁可避耶？又岂惟无可逃、无可避而已，既有责任，则当知之；既知责任，则当行之。

梁氏以此次往游美洲，为"学为世界人"的开端（《夏威夷游记》）。眺望横滨港湾与远处浩渺的太平洋，不期然想起的，竟是梁启超近一个世纪以前的豪言，历史仿佛又在眼前重演。

1992年12月22日于京西蔚秀园

扶桑：追寻历史的踪迹（关西篇）

环翠楼·明治村·牛肉店

乘新干线列车离开东京，下一站的目的地是名古屋。在关东一带，虽也曾查旧籍、访遗址，毕竟是"纸上得来终觉浅"；何况人世沧桑，在高度现代化的都市中，已很难完整体验百年前日本的社会风貌。了解我对明治时期中国文化人在日活动有着浓厚兴趣的东道主，于是以日本学者特有的周到，专门为我安排了前往"明治村"参观的特别节目。

天气还算晴朗，只是散漫飘浮的云烟荡涤未尽，使预告在右侧将会看到的富士山若隐若现，分不清边际。倒是久已听说，山前靠铁路线更近的箱根，是个以温泉驰名、风景秀丽的好去处。而我之属意箱根,也还另有缘由。

同为康有为万木草堂弟子的罗普,于《任公轶事》中记述:1899年春,梁启超曾约其同往箱根读书,住在塔之泽环翠楼。梁向罗学日文,并共同编著成日后被视为速成教材、风行一时的《和文汉读法》。从《康南海先生诗集》与《饮冰室诗话》中可以发现,康有为与梁启超对箱根的环翠楼情有独钟,数次往来,均借宿此间。而据今日旅游指南标明的牌价,还在营业的环翠楼,每日住宿费已高达两三万日元。告诉我这一消息的日本朋友自嘲说,他从来没有住过这么高级的地方。似乎现在日本著名大学的副教授,还比不上清末的中国流亡者囊中丰盈。不过,当年的楼主人铃木善左卫门与康、梁很友好,想必收费低廉;何况重返大自然本是治疗现代都市病的对症药,那么,明治时期初尝文明开化智慧果的人们,怕还没有必要花费高昂的代价,以求返璞归真。

新干线的运行速度果然快捷,仅仅两个钟头,我已置身于关西地区的名古屋车站。提着行李箱走下车,一眼便看见了前来接我的中裕史先生。原来,日本的列车入站时,每节车厢有固定的停车位置。从这样一个小细节,也多少可以窥见日本人办事的精确。中裕史先生在名古屋的南山大学教中国现代文学,他还没有时间游览明治村。很快我便知道了,同属爱知县辖境内的明治村,其实离名古屋市相当远。我们先坐火车到犬山市,又换乘汽车在山间公路盘旋,足足奔波了一个小时,才到达明治村。

所谓"明治村",并非自然生成的村落,而是一种颇为特殊的博物馆。为了缩影式地再现明治社会的人文景观,博物馆从日本全国各地有计划地陆续选择、移建了具有典型意义的建筑物,并广泛收集同时代的历史文物,设专题集中展出。我们观看的小到各式望远镜,大到蒸汽机车、铁桥,品种之多,令人惊叹。若要真正感受明治时代的风气,这些细枝末节的物件自是不可缺少。并且,其中不乏个人的专藏,对公共博物馆的大面积收藏,可起小处补遗的功用。而诸如小学校教室中陈列的课本、电话交换局摆放的老式电话,更与建筑物融为一体,直观地展现了明治时期日本人的生活场景。自1965年开馆,至今明治村已辟出八个区域,拥有六十五所建筑。文化名人如森鸥外、夏目漱石、幸田露伴、小泉八云等人的旧居不消说,大、中、小学校舍和教会、医院、工厂、市政厅、警察局、监狱、邮局、银行，也都是题中应有之义，甚至还有远自夏威夷迁筑的移民集会厅、从巴西拆建的移民住宅，搜求之努力，不能不使人生敬佩心。同样有意思的，当然还有与普通人日常生活关系更密切的场所，如"半田东汤"澡堂、"喜之床"理发馆等。可惜由于时间有限，我们无法将散布在各处的景点一一走到。

仿佛是一种特殊的机缘，一入村，不期然来到的第一处景点，正是大井牛肉店。像村内的一些实用性建筑一样，作为历史文物的牛肉店也仍在发挥着现时功效，门口的价目牌说明它还在营业。说来有点让人难以置信，牛肉店竟可称为明治文明开化最有资格的代表物。其时，牛肉锅被称作"开化锅"，吃牛肉成为文明人的标志。敏感的戏作作家假名垣鲁文于明治三年（1870）开笔写《西洋徒步旅行记》的次年，又动手编撰《牛肉火锅》(原名用汉字写作《[牛店雑談] 安愚樂鍋》，"安愚樂"取其假名读音，意为"盘腿坐")，以诙谐的笔调，描绘牛肉店里的众生相，不啻一幅明治时代的社会风俗画卷。三年后，服部诚一的《东京新繁昌记》初编问世，也有意模仿《论语》中曾皙的名言，"莫春者，春服既成，冠者五六人，童子六七人，浴乎沂，风乎舞雩，咏而归"(《先进》)，状写当日东京学生生活的新风尚：

> 日曜日，好天气。长羽织五六人，筒袖七八人，浴于丁子汤，讽于浅草，咏而归。归路，一生谋小酌于通街牛肉店，肉一锅，酒一瓶。一锅一瓶，如喰饭，如饮汤。(《学校》)

这些作家们之热心描述牛肉店风情，以及在社会上牛肉店之被公认作文明开化的表征，都显示出其为有别于日本传统习俗的新事物。

追溯起来，公元七、八世纪，日本佛教思想盛行。受佛家"不杀生"之说影响，官方有禁屠之令。黄遵宪《日本杂事诗》曾记此事曰：

> 自天武四年（按：公元675年）因浮屠教禁食兽肉，非饵病不许食。卖兽肉者隐其名曰药食，复曰山鲸。所悬望子，画牡丹者豕肉也，画丹枫落叶者鹿肉也。

牛肉自然也在禁止之列。擅长幽默讽刺的假名垣鲁文，在

王韬在香港印行的黄遵宪《日本杂事诗》（1881年版）书影

《〈牛肉火锅〉初编自序》末端题署"牛之炼药黑牡丹之制主"，也正存了调侃之意。而此种禁忌随着西方人的到来被逐渐打破。先是外商从中国买入生牛屠宰，以供外国人居留地的住民食用；到明治前六年的文久二年（1862），日本人自己经营、名为伊势熊的第一家牛肉店，也在横滨的住吉町开业。吃牛肉的风气从此在日本流行开来。

1877年（明治十年），最先出使日本的黄遵宪已注意到这一饮食结构的改变，在有关日本的记述中，他一再写道：

多食蔬菜，火熟之物亦喜寒食。寻常茶饭，萝卜、竹笋而外，无长物也。近仿欧罗巴食法，或用牛羊。(《日本杂事诗》)

惟多食生冷，苔葅梅脯，蔬笋气重。最喜鱼脍，游鳞棘鬣，聂而切之，具染而已。火食者，饭稻羹鱼而外，无他物也。近多仿西法，牛心羊胛，每以供客矣。(《日本国志·礼俗志》)

而集中摹写东京明治维新以后社会变相的《东京新繁昌记》，自然也不会漏掉这一笔，初编中便专有《牛肉店》一节。作者开宗明义，把吃牛肉的好处讲得神乎其神：

牛肉之于人也，开化之药铺而文明之良剂也。可养其精神，可健其肠胃，可助其血脈，可肥其皮肉。此良药而甘于口，此良食而适于腹，且效验速，可喰知其能也。用之于旧习病、因循病，则纵令虽顽固症，一锅而发气力，十锅而可全治也。

受益的不只是身体，更包括精神疾患的愈治。至于"一脔医十病，十蹄救百病，千功万能，吃百帖苦药，不如喰一锅甘肉"，此等宣传，比之今日甚嚣尘上的广告语言，亦有过之而无不及。似乎西洋的先进与日本的落后，全系乎是否食用牛肉。

曾几何时，千年来不吃牛肉的国度，现在却有了被一位日本朋友推许为"世界上最好的牛肉"的关西"霜下肉"。此种牛喝啤酒，定时按摩，脂肪因此均匀地融在瘦肉中，故有入口欲化的上等口感。我曾在超级市场一睹尊颜，粉红可爱的鲜肉上可见星星点点的凝脂，予人霜降之感。如此产出的牛肉，价格自然不菲。而牛肉吃得这般精致、这般昂贵，不但古代日本先民梦想不及，即使较之明治初年平民可餐的三钱半一份加葱烹调的"并锅"，或五钱一份以油脂涂锅烹制的"烧锅"，也有霄壤之别。我们正不妨假借牛肉与文明开化的话题，窥测一下日本近代社会进步之神速。

德富文库·梁启超·罗振玉

说到速率，此次在东京访查既谓之"走马观花"，而到了关西地区，又感觉须将"马"字易为"汽车""火车"之

"车"字,方合事情。从明治村出来,当夜宿在三重县津市的中裕史先生家。次日上午,乘火车到达奈良县所属的天理市,在著名的天理大学图书馆一饱眼福。众多坊间流行的广东木鱼书、满汉合璧文本,以及微末如各种中国边远省份小地方的手绘地图,均为国内图书馆中的稀见物。沿马路左侧骑自行车漫游天理市,特别是在日本古歌集《万叶集》中不断歌咏的山边道上纡行上下,的确是一种奇妙、愉悦的经历。而第三日傍晚,人已经从奈良市林立的佛寺中走出,下榻于京都的旅舍。

既来京都,自然少不得看市容、观民风,却也不敢怠慢了学术考察。京都大学文学部的平田昌司先生先期作了安排,在京都正式活动的第一日,便带领我访问同志社大学的学术情报中心。

我之向往于同志社大学,还在1987年写作《觉世与传世——梁启超的文学道路》(上海人民出版社1991年版)一书时。闻知该校"德富文库"藏有梁启超致德富苏峰的两通手札,便冒昧地写信给时任社史资料室主任的河野仁昭先生,希望得到复印件。河野先生很快满足了我的非分要求,使我得以在论述"梁启超与日本明治散文"的一章里,

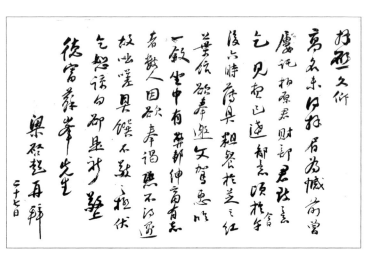

梁启超 1899 年致德富苏峰信手迹

为德富苏峰对梁氏倡导"文界革命"与创行"新文体"的影响,找到了交往方面的有力旁证。

创办于 1875 年的同志社大学是京都地区私立大学中的佼佼者,德富苏峰为该校早期毕业生。为纪念这位历明治、大正、昭和三代享誉甚久的文豪与学者,在现属学术情报中心的同志社大学图书馆中,专门设立了"德富文库"。其中除收藏德富氏的著作与部分藏书外,还有他为之撰写序跋的各书与所办民友社、国民新闻社出版的图书报刊,以及研究其人的相关资料。出面接待我的中心总务课课长樋口完先生与情报服务课课长西田逸郎先生,察知我对德富苏峰与中国文学的关系研究有兴趣,热心地送给我一本1960年印行的《同志社德富文库所藏目录》。此书为非卖品,仅印刷五百部,我得到的一册序号为三二二。两位课长并亲自陪同我进书库,查阅文库藏书。当我提出想亲眼看看梁启超的书简时,一轴装裱好的长卷立即展现在我眼前。

因梁启超致德富苏峰的两封书信在国内未见公布,特抄录如下:

拜启:久仰高名,未得拜眉为憾。前曾屡托柏原君、财部君致意乞见,想已达鄙意。顷于今日午后六时,薄具粗餐于芝之红叶馆,欲奉邀文驾惠临一叙。坐中有弊[敝]邦绅商有志者数人,因欲奉谒,恐不得遇,故呫嗫具馔,不敬之极,伏乞恕谅,勿却是祈。敬上
德富苏峰先生

　　　　　　　　　　　　　　梁启超再拜
　　　　　　　　　　　　　　二十七日

再者,外附横滨绅商名刺十张。此辈皆有志实业

家，欲联络日清商务者，今夕欲拜眉，属仆为绍介。望赐接见，幸甚。

启超又再拜

苏峰先生阁下：三年未拜芝颜，然日诵《国民新闻》，如与先生相晤对也。入春以来，想文祉日增，至慰至颂。今有请者：顷有友人蒋君智由，敝邦当代之硕学也，今在上海拟创一日报馆，东来调查一切。欲造谒先生，有所请教，并欲一到印刷工场考查机械及管理之法，谅先生必喜而诺之。若承不弃，请示以一约见之期；或先生无暇，请命工场取缔人为之案内；又当以日间来或以夜间来，皆请见示，不胜翘盼。匆匆不一。

敬上

二月五日
横滨山下町百五十二番新民丛报社二テ
梁启超拜

第二信封套上有邮戳，知为明治三十六年（1903）所写。而由"三年未拜芝颜"上推,则第一信大约作于1899年(因1900年梁启超不在日本)。此件信封背面署"小石川表町百〇九柏原方",因梁启超初到日本时,与柏原文太郎交往密切,梁氏弟子杨维新更言,二人"当时约为兄弟"(《与丁文江书》)。1899年梁启超创办东京高等大同学校,出任校长一职的亦是柏原氏。甚至康有为、梁启超1900年策划勤王之役,如此重大的机密,梁氏也不回避柏原,要麦孟华等告以详情,且询问起事时,可否在日本雇兵五百人,初步得手后,能否借大隈重信与犬养毅之力,使日本政府出面逼和,令光绪帝复位(见1900年4月12日梁启超《致叶二麦三君书》)。据此,则梁启超与在日本上层社会中关系甚多的柏原文太郎之交情确乎非同寻常。德富氏于第二信末尾又附粘一纸笔谈手稿,梁启超开列了同座三人蒋智由、黄为之、罗孝高之名,蒋氏下注"字观云",黄氏下注"横滨广万泰商店主人";又回答"爱诵《忠雅堂集》"的德富苏峰"蒋君与蒋士诠[铨]同族乎"之问,谓"蒋士铨之《藏园九种曲》实我邦近世文学之铮铮者也"。在梁氏最热心文学改良的时期,他至少与德富苏峰有过两次直接接触,已可确认。

在同志社大学学术情报中心，我还被获准观赏了"德富文库"的另一藏品——罗振玉书简长卷。在大约十余封写给德富苏峰的信函中，所谈基本为借书、还书事。甘孺（罗继祖）《永丰乡人行年录（罗振玉年谱）》云：宣统元年（明治四十二年，1909年）五、六月间，罗振玉曾奉学部之命，赴日本调查农学，暇则访求中国秘籍。其中"于德富氏成篑堂见宋刊本庐山记，存卷二三，余三卷钞补。此书佚于明初，金山钱氏守山阁刊四库本则仅存前三篇耳"。所记便是与德富苏峰的这段因缘。虽经黎庶昌、杨守敬大力访求中国古籍佚本，但直到辛亥革命后，罗振玉、王国维避居京都，日本"书籍之价尚贱于当日之北京"（1912年2月11日王国维《致缪荃孙》）。有收藏癖的罗振玉自然不会坐失良机。其平生辑刊众多古佚书、手抄本，日本之行也颇多助益。

碧光园·王国维·永观堂

既见罗振玉手书，遂乘兴寻访其于净土寺町构筑的寓庐。罗氏于1911年（明治四十四年）12月，以遗老身份携眷东渡，王国维全家亦同行。到京都后，两家先借寓田中村。次年，罗氏以居室狭小，又于上京区净土寺町马场购地建屋，门牌为八号。1913年1月，罗振玉举家迁入新居。4月，王国维也移寓相距不远的吉田町神乐冈八号。至1919年归国，罗振玉即以净土寺町宅邸捐赠京都大学，使售之助刊"京都帝国大学文学部景印唐钞本"丛书。罗氏故居现为国家烟叶公司招待所。出游之前，细心的平田昌司先生曾打算安排我留宿此间。后因考虑和式旅馆的服务我未必适应，终改订为西式的京大会馆。未能投宿，不免遗憾，到此一游，也算小补。不料，今日的碧光园大门紧闭，使一行人不得入内观览罗氏起坐其间的"宸翰楼""大云书库""永慕园"。不得已，只好在门口留影一张，怏怏离去。

随罗振玉一起赴日的王国维，侨寓京都的时间虽不及罗氏长，却也有四载余。在此期间，其学术研究的倾向发生转变，兴趣由哲学、文学趋向经史考据。罗振玉的影响自是不小，而敦煌文物与殷墟甲骨等新发现的史料大批面世，也有力地促进了其学术转向。1917年，王国维归国后的第二年，便汇集近数年所为文五十七篇，编成《永观堂海内外杂文》二卷；1921年，又选辑十年来治学文字及新诗旧词，厘为二十卷，题名《观堂集林》，刻板印行，显示了其国学研究的深厚功力。王国维之别号由早年的"人间"更易为晚年的"观堂",室名亦有先时的"学学山海居"与日后的"永观堂"之别,在陈鸿祥著《王国维与近代东西方学人》一书中有所分疏。只是,陈著特详于"学学山海居"与"人间"的考证,而于"永观堂"与"观堂"的来历未有交代,对于王氏从"人间"到"观堂"的学术之旅的把握犹有欠缺。承平田昌司先生相告,王国维别署"观堂",当与京都的永观堂有关,并引导我参观此寺,才自认为解开了个中之谜。

永观堂乃日本净土宗西山禅林寺派的总本山。公元855年,真绍僧都创建禅林寺,后因永观律师(1033—1111)之德望,该寺得名"永观堂"。寺中供奉的最有名的宝物为一尊阿弥陀佛立像。它与一般寺庙中正面垂目的标准像不同,向左侧回首,似有所瞩望。此中有一段传说:永保二年(1082)二月十五日做早课时,永观律师正一心一意在殿中念佛绕行,阿弥陀佛突然从法座降下,现身在前引领永观。永观不觉惊呆停步,阿弥陀佛于是左顾招呼永观。这一形态即为永观堂独特的阿弥陀佛像所本。

此寺初进,似很狭小,然而愈向里走,愈见深阔。寺

永观堂秋景

后且有小路，可登山远眺。适逢旅游旺季，永观堂却是难得的清净处所。比起游客必至的清水寺、金阁寺，永观堂显然声名黯淡得多，连同行的两位京都大学博士生与硕士生，也未曾到此拜观过。而其地距王国维常往看书的京都大学并不远，平日散步，可随便走到。"观堂"与"永观堂"的使用时间，已在王国维旅日之后。加以王氏1912年秋有

《观红叶一绝句》：

> 漫山填谷涨红霞，点缀残秋意太奢。
> 若问蓬莱好风景，为言枫叶胜樱花。

以王国维之爱惜时日，埋头研读，他大概不肯耗时费力远赴西郊的岚山看红叶，却无妨漫步转入城东以红枫闻名的赏秋胜地永观堂。可惜我们来得早了一些，枫树尚在变色过程中，只有零星几株枝头悬挂着红叶，颜色倒比北京香山经霜的黄栌叶鲜艳得多，只是仍然无法一览"漫山填谷涨红霞"的壮丽。

时代祭

虽有一二遗憾，到底佳缘更多。逗留京都实在算来不过四日，一月一次的东寺庙会，乃至一年一次、与"葵祭""祇园祭"并称京都三大祭的"时代祭"，竟都被我遇上了。逛庙会，可领略今日日本市景民俗；看"时代祭"，则多少可以窥见日本的历史风貌。尽管一位在大学执教的日本同行对我的后一说法不以为然，认为不可把娱乐当真，我还是强调我的外国游客身份，以及我对古代日本的无知。

明治二十八年（1895）首次举行的"时代祭"活动，至今已坚持九十八年。如果了解这不过是以民间力量组织的盛举，便不得不佩服日本人做事的执着。"时代祭"很大意义上体现了京都人的历史自豪感。公元794年，桓武天皇把国都从奈良迁至京都，称平安京，到1869年明治天皇移居东京，在这一千多年里，京都一直是日本的政治、文化中心。因此，在10月22日桓武天皇迁都的这一天，为庆祝京都诞辰，数以千计的京都市民经过认真的准备，自愿汇聚起来，举行规模盛大的化装游行。身着各个时代服装的表演大军从旧皇宫御所出发，一路展示京都作为日本古都千余年来的风俗变迁，最后到达与"时代祭"活动同年诞生、为纪念平安时代建都京都一千一百周年而建造的平安神宫，历时约三四个小时。

全部祝典游行是以历史的倒演为序，在先导队之后，最先出现的是明治时代的"维新勤王队"与"维新志士队"，以下为江户时代的"德川城使上洛列"、安土桃山时代的"丰公参朝列"与"织田公上洛列"等各个朝代实权人物入京朝拜的队伍。这一历史序列形象地反映出明治维新在日本

"时代祭"中的"维新勤王队"

历史上的划时代作用。它所开创的新传统改变了日本的社会结构与风俗习惯，一直延续至今。这一切，与在"维新志士队"中出场的吉田松阴、福泽谕吉、西乡隆盛等仁人志士的努力分不开。不知侨居神户多年的梁启超曾否有机会就近一见"时代祭"演出，看后又做何感想。而中国戊戌维新的失败与日本明治维新的成功，正给我辈后人留下无尽的思索，让人看罢祭典，仍久久不能释怀。

1993年2月9日于京西蔚秀园

美国：大洋彼岸的历史遗存

梁启超·奠基石·自由钟

一个以拥有几千年文明史而自豪的中国人，对建国不过二百多年的美国历史，常常或多或少抱着一点轻蔑感。所学又非美国研究专业，自信不会对"在美国发现历史"产生兴趣。不料，一旦有幸身临其地，这点偏执的信念竟然轻而易举地不攻自破。那缘由说来也颇简单，既在此方生活数月，美国便不再成为与己无关的他者，而切实融进个人的经历中。何况，根深蒂固的历史癖好，使得入境问俗很自然地转向寻根究底，建国史的长短已无须计较。加以在异国历史的追寻中，常常不期然地与晚清先人的踪迹相遇，更为我们的海外游历平添了一份意外的惊喜。

要追溯历史,首先必须拜访的遗址,便是有"美国故乡"之称的普利茅斯(Plymouth)。当年乘着"五月花"号漂洋过海抵达该地的那批英国清教徒,无意间开创了美国的历史,成为生活在新大陆的第一批自由民。距今将近一个世纪前,梁启超在《饮冰室自由书》的《自由祖国之祖》中,曾经怀着无比的崇敬,赞颂这一百零二名(梁误作一百零一人)美国的先祖,于1620年12月的"冽风阴雪中,舍舟登陆,茧足而立于大西洋岸石上之时,其胸中无限块垒抑塞,其身体无限自由自在,其襟怀无限光明俊伟,殆所谓'本来无一物'者,而其一片独立之精神,遂以胚胎孕育今日之新世界"。因此,感情丰富的梁启超,对其人表示了最高的敬意,并欲后世永远顶礼膜拜。

我来普利茅斯已没有"朝圣"的心情,不过,梁启超的描述依然具有魅力。事前阅读的旅游指南也加强了我的好奇心,闭目悬想,那一块刻着"1620"年字样的岸边巨石该有多么壮观!

从波士顿出发,驱车奔驰在通往避暑胜地科德角(Cape Cod)的公路上。时间虽已入4月,刚刚过去的一场春季罕见的暴风雪,仍然留下了肆虐的遗迹。路边的树木东倒西歪，一些粗壮的枝杈带着部分主干劈离了树体，倒伏在地面，长长一道白色的伤口令人触目惊心。问过开车的朋友，才知道这是由于积雪太重造成的。从此对英语以"heavy"一词来形容大雪，算是有了准确的体会。而12月正是新英格兰最寒冷的季节，此时登岸的美国先民应该具有怎样顽强的毅力，才能在这一片荒寒的土地上定居下来。未至其地，钦佩之情已油然而生。

经过一个多小时的高速行驶，按照路标的指示，我们终于到达了普利茅斯港。天气不大好，略显阴沉，从海上刮来的风颇为强劲。停泊在岸边的"五月花Ⅱ号"，在水天一色的巨大背景下显得如此小巧。很难想象，它竟能越过无数的惊涛骇浪，横渡大西洋。船头用白漆绘成的带有花边的圆形图案，应该就是其名"五月花"的标志。我正在惊讶于船体的历经三百余年而坚固不朽与色彩的鲜艳如新，美国友人一句"此乃'五月花'号的复制品，故名Ⅱ号"的揭秘，使我顿时失去了登船细察的兴趣。

三百年前的石刻总不会有假，只是举目四望，空阔的海边一无遮拦，悬想中可与泰山顶峰高耸云表的唐代摩崖碑刻相仿佛的巨石全无踪影。旅游书上既已指明刻石的位置就在附近,看来需要的是"发现"的眼光。功夫不负有心人,在一座白色方形的建筑物中,我们总算找到了这块大名鼎鼎的石头。它静静地躺在纪念亭中间的铁栏杆下,体积出人意料的小。"1620"的数目字仍清晰可见,只是字迹并不很粗大,周边剩余的部分也不够多。以地域辽阔著称的美国,仅仅拥有这么不起眼的一小方奠基石,不禁令人为其建国的基础是否稳固生出杞人之忧。

不过,这也许恰恰体现了美国人的自信。回想路经费城时,参观自由钟的经历正与此类似。早先读梁启超1898年翻译的日本政治小说《佳人奇遇》的开头,便对这口钟留下了深刻的记忆:

> 东海散士一日登费府独立阁,仰观自由之破钟,俯读独立之遗文,慨然怀想,当时美人举义旗,除英苛法,卒能独立为自主之民。

名闻遐迩的美国国宝独立钟为何称之为"破钟",普通读者必会发生疑问。文中特意于此处加注:

> 欧美之俗,每有大事,辄撞钟集众。当美国自立之始,吉凶必上此阁撞此钟,钟遂裂。后人因呼为自由之破钟云。

终于有机会面对其物,亲眼看到一道明显的裂口纵贯钟体,对所谓"破钟"的含义才有准确的了解。陪同前往的中国朋友所作解释与上注不同:"此钟在独立日第一次敲击,便成为这般模样。中国人一定会觉得不吉利,美国人倒满不在乎。"我更欣赏这种未必是事实的说法。除了征兆的理解,我以为此中还显示了一种信念:历史并不一定总是以宏大、神圣的叙述开场,但只要人民具备自由独立的精神,国家的前途便不可限量。

回到哈佛大学,在哈佛燕京图书馆找到梁启超的《新大陆游记》,才发现我对美国历史奠基石的了解多少存在着一点误会。此石原来并非只有我目睹的那么小,早在1903年梁启超游美时,便作过如下记述:

> 余凌晨而往,观所谓"新世界石"者,即彼百有一人初至时登岸所立之地也。二百年来,美之爱国家

梁启超《新大陆游记》（1904年版）中的"新世界石"

及外来游客至者，每椠凿少许怀之而归，以作纪念，原石损坏殆半。至是以铁栅围之，禁采折云。（《由纽约至哈佛波士顿》）

尽管有此一段原委，以所见之刻字推测，未经砍凿的原石也远远够不上"高大"一类的形容，我的感想仍然不算无的放矢。何况，比梁启超迟到一百年的我，看到的情景与《新大陆游记》所述一般无二，这已让我觉得很幸运。

李鸿章·杂碎馆·格兰特

中国人偏好中国菜，这大概是改不了的习惯。生性好奇的美国人喜欢品尝异国风味，物美价廉的中国餐馆于是也成为值得光顾的处所。与二十世纪初，中国人在美的职业以洗衣居多大不同，如今和餐饮业有关的活计，已被视为本色当行的首选。当你听到"是否在开餐馆"的询问时，也不必觉得受到了轻视，那只不过是表现了美国人对中国菜的好感。套用一句文学史上援引来说明北宋词人柳永作品流传之广的话头："凡有井水处，即能歌柳词。"如今在美国，已可谓"凡有人居处，即能吃中餐"。有一个现成的例证：今年夏季，一位熟识的哥伦比亚大学博士生，在纽约州的哈密尔顿（Hamilton）一所大学申请到了教职。那是一座只有六千人的小镇，其中一半人口属于大学。相对于东海岸比比皆是的发达城市而言，此处称得上偏僻。但就在这座大学城中，居然也有一家中国餐馆，令我们的朋友大为惊异。

说起中国菜在美国的流行，一百年前访美的李鸿章可算是一位功臣。当年穿着长袍马褂、帽顶插着翎子、脑后拖着辫子的李傅相的到来，引起了美国人对中国的浓厚兴趣。这兴趣的物质化表现，便集中在中国菜的走俏。七年后，梁启超步其后尘访游纽约，仍然能够感受到李鸿章带来的旋风：

> 杂碎馆自李合肥游美后始发生。前此西人足迹不履唐人埠，自合肥至后一到游历，此后来者如鲫。……合肥在美思中国饮食，属唐人埠之酒食店进馔数次。西人问其名，华人难于具对，统名之曰杂碎。自此杂碎之名大噪，仅纽约一隅，杂碎馆三四百家，遍于全市。（《新大陆游记》）

而在1926年游美的陈以益所著《墨游漫墨》（1927年版）一书中，我居然看到了"杂碎馆"的英文写法"Chop-suey"。据这位江苏无锡人说："杂碎也者，为粤语杂炒之转音，用以代表中国餐馆，犹日本之支那料理。"无论此说是否正确，但其记述杂碎馆"今已遍地皆是"（《加利福尼之环游》）的盛况，起码证明，由李鸿章开启的"杂碎馆热"到三十年后还未退温。

曾经名噪一时的杂碎馆现在已销声匿迹，被梁启超刻画为"举国嗜此若狂"的杂碎馆系列产品，即每份食单上必备的"李鸿章杂碎""李鸿章面""李鸿章饭"等名目，在今日任何一家中国餐馆中都已不见踪影。原因也不难推求：只为投合美国人好奇心与名人效应的食品，绝非中国菜的精华。即便在当日，梁启超已指出，"其所谓杂碎者烹饪殊劣，中国人从无就食者"。风行一时的庸滥品牌，终究敌不过味醇工精的佳肴美馔。这也是我之所以从不点"左宗棠鸡"的缘故，在中土未闻其名者，很可能就是"李鸿章杂碎"一类的把戏。

不过，李鸿章之名在美国中餐馆的绝迹，并非意味着其行踪已"事如春梦了无痕"。李氏1896年的游美虽只区区九日间，至今位于纽约曼哈顿岛北部的格兰特陵园中，却还留有他当年栽种的纪念树。

李鸿章的名字竟会与1885年故去的第十八任美国总统、国内战争中的北方联邦军统帅格兰特（Ulysses S. Grant）连在一起，的确显得有些古怪。读过《李傅相历聘欧美记》（上海图书集成局1899年版），方解开个中之谜。原来格兰特总统任满后，即在其子陪同下环游世界。路经天津时，李鸿章曾予接待。而此番会面并非寻常应酬。据王芸生编著之《六十年来中国与日本》第一卷（三联书店1979年版）中钩稽的史料，1879年5月28日格兰特到津之日，李鸿章即与之相见。因其时正好发生日本吞灭琉球、置为冲绳县的重大事件,中国力争不成,清政府与李鸿章于是希望借助行将游日的格兰特之名望,劝说日本放弃前行。而一个已经卸任的美国总统,其实未必有李氏想象的伟力。格兰特的调停自然毫无结果,琉球并入日本版图已是无可挽回(见该书第四章"日本吞并琉球")。不过,有此一段因缘,李鸿章抵美之日,格兰特之子也专门登船迎接。礼尚往来,李鸿章因此专程拜谒格兰特墓,以示景仰。

这座陵园现在属于国家纪念地,距我们所住的哥伦比亚大学宿舍区很近,步行前往只需十分钟。第一次因办他事匆匆路过,未知其名,也不及探察,已觉主体建筑颇为气派,可与华盛顿的林肯纪念堂相比拟。经人指点后,再度往访。正是黄昏时分,白色的纪念堂镀映在柔和的背光中,平添上几分肃穆与神圣。先进入大厅,参观存放着格兰特将军与夫人遗体的石棺及两侧圆形纪念室刻满整壁墙的战役图,在东边的玻璃展柜中,还意外地发现了两张中国早年官方谒陵者献上的名片。而心心念念所要寻访的李鸿章手植树,却直待走至后园,在浓荫蔽地的树林中绕行一周,"蓦然回首",才发现它正在"灯火阑珊处"。

纽约曼哈顿的格兰特墓

用辛弃疾《青玉案·元夕》中的词句来形容寻找的过程，实在是因为这棵树引不起任何注意。一百年的时光，李鸿章种下的树即使不说参天，也该合抱。所谓"十年树木，百年树人"，幼木十年即可成材，何待百年？偏偏眼前出现的两棵枝干扭曲的矮树，姿态如此瘦弱猥琐，尤其是夹在周围挺拔的树木间，令人简直不敢相认。树前安放的铜牌，却不容置疑地道明了其高贵的身份，文曰：

大清光绪二十有三年，岁在丁酉，孟夏初吉，太子太傅、文华殿大学士、一等肃毅伯合肥李鸿章，敬为大美国前伯理玺天德葛兰脱墓道种树，用志景慕。出使大臣二品衔、都察院左副都御史铁岭杨儒谨题。

一方铁栅栏将这生命力萎缩的百年树种围护起来，两棵同样憔悴的植株又如难兄难弟挤挨一处，使人无法分辨其真正出身，我们只得一并归入李鸿章名下，在夕阳的余晖下为其拍照留影。

杨儒的铭文中其实存在着史实的错误，李鸿章拜祭格兰特墓的具体时日应是1896年8月30日，有出版于1899年的《李傅相历聘欧美记》为证：

二十二日（西八月三十号），中堂出自纽约行台，至前民主格兰德寝园，有宿草矣，为怆然者久之。从者以鲜花环进，敬悬墓门，循西礼也。

李氏亲至其地只此一次，文中既未言及，可见所谓"墓道种树"乃徒有虚名，此等事原多半由下属代劳。因而，1897

年5月2日（阴历四月初一日）的墓前植树人，实为杨儒而非中堂大人本人。后来者依据牌示信以为真，梁启超的《新大陆游记》中才会出现"合肥手植一树于墓门，泐数言焉"的记载。

李鸿章祭墓之日，格兰特纪念堂尚未完工；而杨儒代李致敬种树时，却已在揭幕式举行过之后。1897年4月27日，正是格兰特将军七十五岁诞辰，纪念陵园特意选择此日开办落成典礼。中国大使随即代表远在国内的上峰前来植树，既表现了中国人的念旧之情，也是"循西礼也"。

只是此时的大清帝国已如日薄西山，气息奄奄，一年后发生的唯一有望挽救国运的"百日维新"又不幸夭折。栽种在海外的这株树苗，似乎也传染了帝国衰败的基因，作为那一段历史的见证，畸形地活在今日的世界中。

1997年10月29日于京北西三旗

须磨：寻找康梁故居追记

仓促上路

出于专业研究的癖好，每次置身一衣带水的邻邦日本，总希望亲眼一睹晚清中国文人学者流连此间的遗踪。虽然明知道江山代谢，人事变迁，即使像日本这样精心保存历史文化传统的国家，其人文景观变化之巨，也是举世共见的事实。何况，中国人在日本的遗迹，未必获得来自该国上下的重视，其风流云散几乎是注定的命运。不过，我仍然固执地相信，即使地面建筑已经消失，自然风貌却多半无大改观。只要亲历其境，游荡在山水间、弥散在人群中的那一份历史氛围，终会让你对先哲的人生、情感、思想之旅，多一重理解的同情。更不必说，寻找的过程本身也充满了乐趣。

1999年10月初,我就得到了这样一个合适的机会。在大阪召开的"日本中国学会"年会,前一天照例举行了中国现代文学研究者的集会(通称"前夜祭"),我应邀在会上做了题为"古典新义:晚清人对经典的解说"的长篇发言。事前已计划利用此行,顺便到神户寻访梁启超故居。不过,因赶写论文弄得手忙脚乱,直到从东京出发的前一晚,才匆忙去大学图书馆借来台湾版的《梁任公先生年谱长编初稿》,记下了与故居相关的几条材料。其中关键的一处是,1906年的阴历十月,梁启超从横滨移居到"兵库县须磨村怡和别庄"。这是他1907年2月2日致蒋智由信中留下的通讯地址。

在"前夜祭"的晚宴上,我见到了神户大学的山田敬三先生,他送给我一篇讨论梁启超政治小说的论文,那就是后来收入狭间直树先生主编的《梁啓超:西洋近代思想受容と明治日本》(中译本名《梁启超·明治日本·西方》)书中的《围绕〈新中国未来记〉所见梁启超革命与变革的思想》。我于是不失时机地向他请教梁启超故居现在的情况。山田先生抱歉地说,他本人没有查找过。而我能够提供的唯一

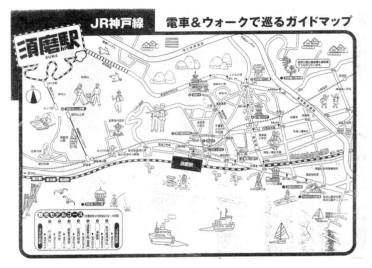

写意的"须磨导游图"

线索,就是多年前在北京大学图书馆看到坂出祥伸先生撰写的《康有为传》中译本(叶妍译,台北:国际文化事业有限公司,1989年),其中提到过这所住宅。虽说那是梁启超老师的寓所,但在我印象中,两家本来是合住的。因此,找到康有为故居,也就等于确认了梁启超故居。山田先生听过我的分析,立刻与坂出先生电话联系。最后约好,明天上午年会开始前,我到关西大学的会场上找他,在那里和坂出先生见面。

10月2日上午9点,京都大学的平田昌司先生来到大阪我住宿的旅馆。为了减少由于我的语言不通带来的麻烦，他自告奋勇全程陪同。也幸好有他鼎力相助，此行才能峰回路转，曲径通幽。

在关西大学见到了坂出祥伸先生，可惜他说自己没有实地调查过梁启超故居。线索一时中断，我感到很沮丧。山田敬三先生却无意放弃。他又一连打了几个电话，最后告诉我们，可以去找在孙中山纪念馆工作的他的学生，我们会得到具体的帮助。

舞子的孙中山纪念馆

孙中山纪念馆设在神户最西边的垂水区东舞子町，原是华侨商人吴锦堂（名作镆，1855—1926）的别馆，取名"移情阁"，为一八角三层的小楼。1913年3月，孙中山来日本，吴氏曾在这里为他举办欢迎会。纪念馆1984年正式开放，接待参观者。十年后，因修建明石海峡大桥，暂时迁移，等待在海边择址复原，资料展出却并未中断。我们找到的便是这处临时馆所，来自上海的蒋海波先生接待了我们。

纪念馆附设有汉语学习班，我们造访时，蒋先生尚未结束课程。我们便先到楼上参观展览。我发现,在展出的孙中山手迹中,书写最多的是"博爱"二字,大概因为这是最适合送给异邦友人的题词。只是,我的兴奋点仍集注在梁启超。因而,在关于吴锦堂的部分,发现了一张说明是吴为梁开欢迎会的多人合影时,我当然大为高兴。仔细观看照片,又不免心生疑惑:为何居于前排中心位置的几人,无一形似梁启超?依我的眼光猜度,正中而坐者右侧身后的那人,倒更像梁氏。但此处照片有些许残破,虽经拼合复原,我还是无法看清梁右手所举为何物。

梁启超与吴锦堂等人合影

正在揣测不定之际，蒋海波先生已送走学生，上楼来会我们。对我的疑问，他解释说，根据他们的分析，这张相片可能是在吴锦堂家商讨神户同文学校创办一事时的留影。他问我，猜想谁是梁启超。结果，我们的判断完全一致。由于照片是吴家后人提供的，没有当时的记录，故文字说明只能含糊其词。参加者中也有日本人士，因此，吴锦堂身后的二人，应该是梁启超持日本国旗，日人持清朝龙旗，以示中日合作办学。看到我对这张照片如此感兴趣，蒋先生于是成人之美，慷慨地将其从镜框中取下，让我仔细观赏。我则越发得陇望蜀，询问是否可以拍照。这回，我随身只带了摄像机，得到许可后，便拜托平田昌司先生代劳。蒋先生又担心成像太小，看不清晰，索性将原照拿到楼下，专门复印了两张赠送给我们，令我十分感激。

关于神户同文学校的创办，在《梁启超年谱长编》（上海人民出版社1983年版）1899年项下有记载。其中引录的《神户华侨同文学校纪念册》说：

民国纪元前十三年（清光绪二十五年）己亥夏四月，梁任公先生因横滨大同学校成立，专来神户与麦少彭翁商设华侨教育，旋游说于中华会馆，侨众赞成。秋八月创办小学校于市内中山手通三町［丁］目二十四番地。翌年庚子春，堂舍落成，命名同文学校。

此言在梁启超主编的《清议报》上可以得到印证。第十八册刊载的《神户倡建大同学校公启》，讲到了设立华侨子弟学校的重大意义：

> 吾民之旅海外者，数百万，习见他邦文明进步之实状，怵怵有所悟；而怀念故国，义愤之气，视内地民每数倍焉。其子弟生长于异乡，咸有远志，其受学亦更易。故识者谓中国之不亡，或此是赖。

以下叙说横滨大同学校办学的实绩，进而返躬自求："我神户绅商，……当横滨学校之设，既力助其成，而各家子弟往滨就学者，所在多有，成效已著，众所共闻。惟跋涉往还，究多窒碍；望洋之叹，或所不免。远稽《周官》乡党设校之大义，近奉圣皇海外兴学之明诏，允宜自创一簧。"神户华侨学校的创立因此提上议事日程。

该期《清议报》出刊之日为1899年6月18日。同册译载的6月1日在《大阪每日新闻》上发表的《大隈伯赴神户华商宴演说》也提及，随同大隈重信在前一天中午到达神户的，便有梁启超。正是梁氏此行期间，决定了神户建校之事。下一期的《清议报》又译登6月3日《每日新闻》消息《神户清人将开大同学校》，内云："清逋臣梁启超等，与神户在留广东人商议，将开大同学校于神户。大隈伯助之，前日临于中华会馆，慷慨奖励，闻者咸拍手赞美。"发起人也将首倡之功归于梁，称"赖梁启超君等劝诱"，而决意开办学校。

只是，1900年该校正式开学时，校名已由"大同学校"改为今称。据《清议报》第三十八册《记神户同文学校开校事》所述，自去夏建校之议提出，"不数日而巨款立集，乃即建筑学舍；岁秒落成，颜其额曰'同文'"。广东商人麦少彭被推举为总理（相当于校长），日本前文部大臣犬养毅受聘为名誉校长。学科分中文、西文、日文三种，于1900年3月1日举行了开学典礼。犬养毅当日致辞，大谈中日"同文同种"，应"相提携相亲爱"。

神户同文学校开学之日，梁启超身在夏威夷，自不能与会。而现在留存的这张照片上，梁启超面容清癯，身着长袍，时令应届冬初至早春。既与倡议建校时的夏季不符，又像是任公先生赴日初期所摄。由于参观之时疏忽大意，未做详细记录，如今已记不清解说文字中有否提示拍摄时间。

在楼下的接待室里，蒋海波先生又送我一套孙中山纪念馆的图册及明信片。另外，他也准备了曾与康有为结邻的鸿山俊雄所写《须磨与康有为》等回忆文章，附刊的院景照片及文末的注释均指出，我认定是康、梁共居的房屋，地址为"神户市须磨区千守町一丁目五之六号"。不过，刊登这些文章的报纸印行于1979年，又经过阪神大地震的破坏，情形难保没有改变。而在神户女子大学史学研究室编著的《须磨历史》（原名《須磨の歷史》，神户女子大学1990年版）一书中，第七章"近代中国与神户、须磨"部分有一康有为住所的照片，并注明，这所住宅在该书出版时，尚为三条氏所有。蒋先生把这些资料全部复印给我，使我可以携带上路，仔细研究。

在我们随后的交谈中，蒋海波先生倒是极力劝说我们不必去寻找故居。他说，前几年，自己也曾经前往寻访，尽管带路的人先前确曾看到过那所房子，但最终在迷宫一般的小巷中转了一个多钟头，他们还是大海捞针，不见故居踪影。"何况，即使找到又有什么意思？地震可能已破坏了一切。"他的说法确实很有道理，不过，平田昌司先生更了解我的"不到黄河心不死"。而且，即使一无所存，能够亲近梁启超生活了六整年的那块土地，也算是一种收获。所以，当我问平田先生"怎么样"时，他只简单地说了句："我们去吧。"

不见梅花的须磨寺

沿着来时的路，乘火车返回。走出须磨站，我们先去探访最易寻到的当地名胜须磨寺。蒋海波先生复印给我们的两份由JR（日本国有铁路）须磨站印发的旅游简图已写明，须磨寺又名福祥寺，为真言宗须磨寺派的大本山。境内有一些日本战国时代的古迹，以及俳句诗人松尾芭蕉、正冈子规的文学碑。我最感兴趣的是关于花季的说明："樱花季节赏花也很有情趣。"

粗粗翻阅梁启超的诗词便可知道，在此流寓期间，须磨寺是他常去散心的游览地。写于1910年的《须磨寺五咏》，即是以寺内供养的鹤、白鬼、猕猴、龟、蜜蜂为题咏对象。印象最深的还是1908年2月21日（正月二十日）吟成的《须磨寺访梅》：

群童气作竹筒吹，争报梅花已满枝。
强起扶携来野寺，相怜幽独负欢期。
繁香经雨半零落，一树栖岩稍振奇。
欲觅潘生高会处，女王綦迹没多时。

尾联纪事在自注中有交代，"去年花时"，梁与同学弟潘之博（字若海）同游此寺。因苏轼写有《正月二十日与潘郭二生出郊寻春，忽记去年是日同至女王城作诗，乃和前韵》，游春既在同日，去年也都有潘生在场，故梁诗引以比附。而所谓"群童"，梁的外孙女吴荔明在《梁启超和他的儿女们》（上海人民出版社1999年版）一书中也有描写："当时家中孩子很多，除了梁启超自己的子女外，还有几个亲戚的孩子，在一起非常热闹，梁启超称他们为'双涛园群童'。"同时刊出的一张1908年梁启超夫人李蕙仙与孩子们在山上游玩小憩的照片，场景与《须磨寺访梅》诗所写的"野寺"

梁启超夫人李蕙仙与子女思永、思顺、思成（自左至右）山上小憩（约摄于1908年）

及"一树栖岩"便颇相近。从相片左下角伸出在梁夫人脚前的，正是盛开的梅枝。

我们来访的季节不对，自然不可能一览梅花满枝的胜景。而且，尽管已知此地现以赏樱闻名，但古寺犹存，古树或许仍有株留。日本的许多寺庙、神社，不是名木共植、花事不断吗？怀着几分希冀，我们走上了高高的须磨寺石阶。

这里虽是游客必到之处，周围也早已褪去梁启超笔下的荒凉，却仍然可以称为清幽之境。山门上悬挂的一排献灯似乎极显热闹，而一旦踏入寺内，观感顿变。偌大的庭院中，只有很少几个闲人。我对树种无知，看不出究竟。经平田昌司先生鉴定后，告诉我，寺中所见之木，无一为梅树。也就是说，樱花已经彻底取代了梅花。

其实，梁启超游寺之日，樱树应该已然存在。日后检索经过蒋贵麟补辑的《康南海诗集》（收入《康南海先生遗著汇刊》），康有为写于1912年的诗题中，便有"自须磨双涛园迁近月见山下须磨寺侧公园前，桃樱满山"的记述。而梁启超游须磨寺诸诗的见梅不见樱，也只能以任公先生的别有所爱来解释了。

千守町一丁目的故居

从须磨寺下来，穿过街口，按照地图所示，对面应该就是千守町一丁目了。已有蒋海波先生的前车之鉴，料想寻访故居不会十分顺利。恰好看到路边有一派出所，平田昌司先生灵机一动，立即走进去询问。我们出示了《须磨历史》上的三条氏住宅照片，接待的警员仔细看过，随即转向身后铺满半个墙壁的地区详图查找。经他判定，照片上的房屋，现在的主人应该是小林氏。他将街区号码告诉了平田先生。我们于是大喜，颇有"得来全不费工夫"的自得。当然，这得归功于平田先生的随机应变。

千守町一丁目分布在半山坡，实际上，我们从车站出来，一路都在向上走。小林氏的住所很快找到了，门口有一方姓名牌，不会有误。我于是拿出摄像机，围着这所房子拍了一周。心里还很庆幸，蒋海波先生找得那么辛苦的故居，居然被我们如此轻易地寻到，真有些不可思议。

不过，细观房屋结构，与照片上迥异。小林氏的住宅前无庭院，大门直接开在二层小楼的底部。而三条氏居所的大门后明显有一隙地，看得见的屋宇偏在左侧。当然，也有可能是小林氏从三条氏买得地基后，重新改建了房屋。为保证万无一失，细心的平田先生于是上前叩门，询问主人。得到的回答大大出乎意外，原来被我们看好的这块房地并非购自三条家。蒋海波先生事前的提醒不幸而言中，我们似乎真的在重蹈覆辙。

正当我们站在小林家拐角处的路口，思忖着下一步的行动方案，这时，一位怀里抱着一只大猫的老人走上坡来。平田昌司先生当即迎上前去——幸运之神再次降临。老人指着与小林家一路之隔、用铁丝网围起的废墟说："那里就是三条家。因为地震，房屋受损，已拆掉准备重建。"他还补充说道，此处原先有两所房子。这正与我想象的康、梁两家同院居住的情形相符。我立刻毫不犹豫地断定，这里就是我要寻找的梁启超故居。尽管来迟了几年，整所住宅已荡然无存，可我们毕竟找对了地方，尚可观其形势大略。

故居的院基建在一片长方形的坡地上。透过铁丝网，可以看到院中未及清除的残石，那应该是《须磨历史》中描述的有池有水的纯粹日本式庭园的遗存。挂着金黄色橘子的枝条从铁丝网上方探出头来，映着明媚的阳光，为大片废园点染出一抹辉煌。周边栽植的绿树依然克尽职守，静静地守护着已经消失的故居。同一书中记载，此邸宅旧名长懒园，占地两千三百坪（1坪约合3.3平方米），房屋面积有六十三坪。这真是让人难以置信的阔大。不过，到三条氏手中，庭院规模已大为缩小。

虽然这所化为废墟的故居已近在咫尺，对于徘徊在铁丝网墙外的我们，却依然是不得其门而入。无论我们试图从哪一面接近它，每次都是可望而不可即。善动脑筋的平田先生查看了地势，又拿出地图研究一番，忽有所悟。他认为，我们应该退回到山下，那里可能才有进入围墙的通道。我们于是又沿着自车站前往须磨寺的大道原路返回，果然发现了另外一条上山小道。顺势转弯，那座废园也如同平田先生猜测的一般，令人惊喜地在路口赫然出现。

现在，已经从照片上看熟的那扇大门也闯入眼帘，这是此院落唯一留下的标志性建筑构件。我甚至相信，冥冥之中，它是在顽强地等待着我们两个远道而来的虔诚访客。假如只从对面隔网观看，这处被绿荫掩映的大门将永远不会被我们发现。谁说寻找是没有意义的呢？

从已经拆去围墙的大门左侧跨进废弃的庭院，立刻发现门柱背后的树荫下，有一半人高的石墩，外表粗糙，圆

康有为故居长懒园残存的大门

形的顶部浅浅地向下凹陷。我好奇地问平田先生,此物有何用途。才知道,这原来是旧式日本家庭设在门口的洗手池。我开始想象,梁启超或者康有为入门后在此润手,然后沿着院中的小径走向上房。

我走近院心堆积的弃石,发现了一块刻有莲花瓣的断石,不知是否为《须磨历史》中提到的近门处一尊高达两米的仁王石像的残片。鸿山俊雄在《须磨与康有为》文中发表过一张院景照片,这座体态威严、右手上举握拳的佛像偏立路左,成为其中最突出的景观,背后的石级小路尽

康有为故居院景(约摄于1979年)

头便是房屋入口。我无法在积石中有更多的发现，只是暗自期望，这不意味着全体的毁坏。

穿过长满荒草的院子，走到行车道边，在如今已无踪影的院墙位置上，立有一块写着"标识"二字的建筑计划方案。据此可知，房主仍是三条氏，不过并非鸿山俊雄文章中提到的胜二，而是署名三条隆二。此处的别业性质则毫无改变，因为牌示上留下的是滋贺县高岛郡的住址。房主打算在旧地上建成一座三层二十四个一居室的公寓楼，标记的地皮面积为697.47平方米，这就是现在归属于三条家的土地最精确的数字。预订1999年6月开始施工，2000年2月完工。此标志牌是在我们到来前半年设立的。很明显，第一步的拆旧工作已经完成。

在荒芜的庭院中环行一周，大门及标志牌也一一摄入镜头，能够保存记忆的事情都做过了，我们才心满意足地踏上归途。

误认长懒为双涛

老实说，动手写作此文之前，我一直以为我所找到的就是梁启超居住过的双涛园。在上引1907年2月2日致蒋智由告知通讯地址的信中,梁氏对其新居怡和别庄有如下描述:"弟顷假居邦人之一废园,去神户可八十里。长松千株,临海一小楼,风景殊幽绝。"正是由于海涛与松涛声声入耳,日夜不息,梁启超因此将怡和别庄改称"双涛园"。站在三条家的房基上,我也曾努力想象此间满坡的松树,并遗憾其失落在鳞次栉比的屋宇中;又尽力向海边眺望,视线却被近处的房舍隔断,大海的涛声也全然到不了耳边。我总认为是当年地广人稀,空谷足音,外界的声响格外动人心魄,而毫不怀疑其间可能发生的误会。因为我先已将此行的目标锁定为寻访梁启超故居,太希望结果圆满。

行前,我只翻读了《梁启超年谱长编》及《饮冰室合集》中的相关资料,知道从1906年起,到1911年迁居神户下山手通留春别墅止,梁启超在须磨总共生活了六个年头。其地在梁氏生命史上的重要性不言而喻。我还记得,编选《追忆康有为》(中国广播电视出版社1997年版)一书时,所收康氏儿媳庞莲《康有为的家世与晚年生活》中有这样的说法:

一九一二年，……康有为与三太何旃理住在日本神户须磨的双涛园。双涛园是华侨麦家的别墅，梁启超也住该处，康梁是师生，比屋而居，朝夕会面，康有为在不少信札、日记中记载这段时间的生活，引为欢乐。该年夏历三月初五日，康有为在须磨双涛园做五十五岁生日，宾客甚多，非常热闹。美中不足的是三太何旃理年仅二十二岁，是在美国生长的华侨，见多识广，英文又好，而梁启超的夫人李蕙仙，四十四岁，出身封建显宦家庭，自视甚高，因此相处不融洽，康有为因之与梁启超分居，迁去须磨湖边。

只是在寻访的当日，留在印象中的唯有两家相处的龃龉，而并未在意分居后康有为的去向。至于庞文中提及的"华侨麦家"，便是鸿山俊雄文章里点出姓名的麦少彭，他原籍广东新会，与梁启超本是同乡，其时正经营以火柴输出贸易为主的怡和洋行。梁归国前最后的居所留春别墅，也是麦氏的房产。前文已说明，麦少彭曾任神户同文学校的总理，在当地的华侨界也是籍籍有名的人物。

而从横滨到须磨，梁启超的心境发生了很大变化。荒村幽居的环境，使他有更多时间沉潜自省。作于1910年的《双涛园读书》组诗曾自吐其心事：

> 我生大不幸，弱冠窃时名。
> 诸学涉其樊，至竟无一成。
> 说食安得饱，酌蠡宁穷溟？
> 乃知求己学，千圣凤所程。
> 惊顾忽中岁，永夜起屏营。（其四）

期望由"为人之学"转为"为己之学"，从广种博收归于专精独到，已成梁启超此时所向往的治学最高境界。虽然二者之矛盾纠葛，并不因梁氏的一时觉悟而彻底消泯，时势与个性，决定了其选择的艰难与彷徨无定，但须磨时期的省思毕竟显示出另一种人生的强烈诱惑。

须磨既然对于梁启超如此重要，我也就一厢情愿地把我所记得的只言片语附着在眼前的故居上，而不再细读蒋海波先生送给我的那些日文资料。这才出现了以"寻访梁启超故居"开始的主题旅行，实际是以"寻访康有为故居"而结束的喜剧情节。本文的写作也因此偏离了最初的设定。我来到的只是康有为住过的长懒园，而与梁启超侨寓多年的双涛园无干。

我不想做"事后诸葛亮"，照实记录了寻找故居过程中发生的谬误；也愿意本此精神，写下发现错误的经过。

撰文前，重读《梁启超年谱长编》时，并未动摇初念。迨翻阅康同璧所著《南海康先生年谱续编》，看到如下记载，才心知不妙：1911年，康有为于"五月十一日，重游日本，寓须磨门人梁启超之双涛园，自筑小楼临海，名曰天风海涛楼"；1912年，"二月，自须磨双涛园迁近月见山下须磨寺侧公园前"，"旋又觅得须磨湖前宅，僻地幽径，豁为大园，颇擅林池山石涧泉花木之胜。是园旧名长懒别庄，以梁启超之请，改名奋务园"。据此，长懒园显然是康有为迁出双涛园之后的寓所，直到1913年11月归国前，他一直在此居住。

再次读《须磨历史》，258—259页也明明写着，梁启超借寓的双涛园，位于现在JR须磨站的东南，沿着须磨浦海滨的一带松林中。而康有为移居的长懒园，则在靠近须磨大池的山坡上。在我重新翻看的坂出祥伸著《康有为传》中，说得更明确，长懒园地处"日本国铁须磨站之北"。如此，我去长懒园寻找双涛园之举，恰可用"南辕北辙"来形容。

其父为负责当地治安最高警官的鸿山俊雄，在《须磨与康有为》中也明白记述了，因为长期居住不便，康有为从双涛园搬出另住，居址即为我所探访的千守町一丁目废园。鸿山氏的另一篇文章《一代鸿儒康有为及服侍康氏的日本女性》也讲道：

> 康氏的住所在兵库神户郊外，离须磨寺不远，是一所非常漂亮的邸宅，听说是兵库的小西（金融业者）的别庄。

当时，康有为和第三夫人何旃理带着儿子同凝、女儿同琰住在这里，随从有翻译兼秘书阮鉴光及两个广东厨师、一位阿妈，还聘用了一个日籍女佣鹤小姐（市冈鹤子）。此女在庞莲的文章中称为"四太"，而据坂出祥伸引用的鸿山上文，称鹤小姐后在上海康家，"和当时还是大学生的同篯（第二夫人梁氏之子）有了肉体关系"。这样，她"只有离开居住十年的中国，在大正十四年（按：即1925年）回去日本，生下

流亡海外的康有为

女儿绫"。1974年2月，市冈鹤子76岁时，卧轨自杀。而康有为早于1927年去世，即使是康同篯，1961年也已亡故。

坂出祥伸先生还描述了长懒园的今昔变迁：这所"沿着溪流盖的房子，现在为经营毛纺商三条胜二氏所有，房屋一点也没变，大门玄关与房间都一如往日，但建坪少了一半。其中有翻译兼秘书的房子，及横跨四座桥以池为中心的庭院"。我感到庆幸的是，溪流虽已不见，我所目睹的大门毕竟还是原物。

长懒园余话

从双涛园到长懒园，在康有为诗作中也留下了记录。这些诗往往题目很长，带有记事性质。如《辛亥夏五月，自香港重游日本，寓任甫须磨双涛园，筑室同居。与任甫离居者十三年，槟榔屿、香港一再见，亦于今八年矣。儿女生于日本，皆不能识，相见如梦寐。任甫赋百韵诗，先有四律奉迎，答以四律》，第一首自抒怀抱，康氏仍不脱豪放口吻：

> 大浸稽天痛溺沦，惟吾与汝拯生民。
> 身经百亿万千劫，我是东西南北人。
> 黯黯春明有余梦，滔滔海立尽成尘。
> 团沙易感伤身世，十四年来几转轮。

其中用《论语》"今丘也，东西南北之人也"（《檀弓》）典故，令人想起梁启超在《南海康先生传》中所述康得绰号"圣人为"之缘由："盖以其开口辄曰圣人圣人也，'为'也者，先生之名有为也。"

又有《辛亥夏来日本须磨,居任甫双涛园,筑小楼十弓临海,名曰天风海涛楼。室成,与任甫、觉顿乐之,兼寄若海索和》,其一云:

海外逋亡十四年,又来须磨结三椽。
纸窗板屋生虚白,夕霭朝晖览万千。
松罅旧亭立前后,丘中曲径得回旋。
小楼坐大吾知足,吞吐东溟占碧天。

诗写与梁启超比邻而居之乐。题中"觉顿"为汤叡、"若海"为潘之博,均系康有为弟子。其时,汤氏同寓须磨,居处相近。

在迁居长懒园之后,康有为也有诗记述。最详细的是下面一题:《与旃理行,觅得须磨湖前宅,僻地幽径,忽豁大园,备林池山石涧泉花木之胜。老夫得此,俯仰山海,饱饫烟霞,足以遗世忘忧矣。园旧名长懒别庄,吾因其旧,即名长懒园。赋十五章,既以自怡;后之论世者,或有感焉》。十五章诗,除第一首总括外,其他依次题为:长懒园、松岭、天籁亭、积翠台、柳涧、东锦墩西

梁启超与汤叡流寓日本神户时合影

锦墩、沮泽谷、上池下池、第一石桥第二木桥第三第四土桥、杂花坡、雨瀑涧、菜香圃、却曲径、忘忧馆。这些应该都是园中之景，仅列题目，已可想见长懒别庄当日的规模。

根据诗中描述，我们大体可以复原长懒园旧观：园中含一山，名松岭，上山要行数百步。最高处建有天籁亭，半山腰辟出积翠台，下临柳涧。穿过东西相对的石崖（东锦墅西锦墅），便可发现藏而不露的沮泽谷。上池环绕屋前，下池流向山涧。因园中多水，"横跨作四桥"：柳涧上为石桥，上池架木桥，两座土桥则置于下池。屋前是杂花坡，往松岭方向看去，可见雨瀑涧。依傍松岭之下有菜香圃，池边栽桔梗，圃中豆棚瓜篱，种有白菜、萝卜。登岭循涧所走之小路名"却曲径"；康有为住居之屋自题"忘忧馆"。其中《长懒园》一首加注云："任甫请改之，后名为'奋豫［务］'。"和我们目睹的情景最接近的，当属《杂花坡》所咏：

蒙茸漫陵坡，草树何离离。

群花相间植，红素杂纷披。

遮我屋前路，石塔欹横枝。

色相我未忘，芳馨且自怡。

忘忧馆后更名"游存簃"，长懒园则先改称"奋务园"，终定名为"游存别墅"。由康有为晚年弟子蒋贵麟辑录的《日人所藏康南海先生遗墨》(李名方辑《蒋贵麟文存》，香港：文化教育出版社有限公司2001年版)中，收有五通康氏1913年写给柏原文太郎的信。其寄发地址为"日本兵库县西须磨六十番游存别墅",那正是昔日长懒园的门牌号码。

剩下的问题是,须磨当时在日本的地位如何。这在鸿山俊雄的文章中可以得到解答。二十世纪初,神户因工业发达,特别是火柴与造船均执全国业界牛耳,财富急剧增加。暴发的产业主纷纷到海滨胜地须磨购建豪华别墅,使该地一时成为大阪、神户一带的高级住宅区。与梁启超借居的双涛园相邻,便有经营火柴工业的泷川弁三与财阀住友吉左卫门的豪宅。梁启超虽称所居为"废园",其实这里只是麦少彭偶一逗留休闲的别墅。

至于一个世纪前的须磨景致,鸿山俊雄的文中也有生动描述,足以为未曾身临其境的人们提供想象还原的可能:

> 由于面海环山,气候温和,波平浪静的海上,满帆偏帆交错航行,岸边白砂青松,连绵不断。(《须磨与康有为》)

那应该是曾经落入梁启超与康有为眼中的风景,至今没有很大改变。不见了的是当年的房屋与居住在里面的人。

踏访归来,珍爱文物的平田昌司教授主动致信蒋海波先生，告知盥手石礅尚存故居，提请设法保护。但不知结果如何。去年4月28日，又接到他一信，里面只有简短的几句：

今天带几个学生去看了须磨长懒园旧址，那儿新盖了一个公寓，石头、门、树木……任何痕迹也没有了。

这么说，三条家的新楼确实是按照预计方案建成了。我们可能是最后看到长懒园遗迹的有心人。

2002年2月10日追记于京北西三旗

[附录]

　　与旃理行,觅得须磨湖前宅,僻地幽径,忽豁大园,备林池山石涧泉花木之胜。老夫得此,俯仰山海,饱饫烟霞,足以遗世忘忧矣。园旧名长懒别庄,吾因其旧,即名长懒园。赋十五章,既以自怡;后之论世者,或有感焉

　　　　康有为

我本餐霞人,忧国舍神仙。

临睨我旧乡,去之十五年。

人民皆非故,渺莽齐州烟。

吾生本无住,乐土尤所便。

　　　　长懒园(任甫请改之,后名为"奋豫[务]")

地僻宜幽栖,云卧占一壑。

懒残芋可熟,稽[嵇]康锻亦乐。

长镵锄黄独,所勤草木学。

身世长此忘,松风睡未觉。

松　岭

白云常恋岫，青松横蔽岭。

岭崎带岩壑，窅深出人境。

突兀数百步，登望烟云冥。

扶筇日一周，莓苔穿秋径。

天籁亭

松岭最高顶，松杪露檐翼。

仰望翠崖上，郁然云翠逼。

把卷倚危阑，看月至深夕。

松籁吹不尽，天人了性识。

积翠台

林壑俯下游，松塔据崇丘。

形势撑半岛，苍翠盈双眸。

松下白木榻［榻］，枕书送春秋。

坐觉日月没，平视云霭浮。

柳　涧

紫茸菖蒲花，青绿菖蒲叶。

涧水不厌浊，涓导山泉洁。

磊砢石齿齿，横亘桥截截。

可能遇安期，复此生九节。

东锦墩西锦墩

两墩若两手，高拱成揖让。

嫣红点崖路，影绿临池上。

群木列蔽亏，两塔相掩映。

垂钓凭锦矶，坐啸娱林莽。

沮泽谷

两墩蟠其外，屈曲内藏谷。

沮洳漫水泽，草木烂红绿。

大波起暗溜，引泉成洄洑。

阴阳备地性，玄牝可以畜。

上池下池

上池环屋前，下池通涧罅。

钓矶垂丝纶，略彴横低亚。

莲芡荡清漪，菖蒲浓嫣姹。

育育者大鱼，知乐游多暇。

第一石桥第二木桥第三第四土桥

吾园多池涧，横跨作四桥。

石桥跨蒲涧，老梅扶行骄。

木桥穹如虹，上池度逍遥。

双桥亘下池，杂树曳红绡。

杂花坡

蒙茸漫陵坡，草树何离离。

群花相间植，红素杂纷披。

遮我屋前路，石塔欹横枝。

色相我未忘，芳馨且自怡。

雨瀑涧

绝壑带深林,远望若无际。

但闻泻溜声,暗水潇潇逝。

松岭竟夜雨,晨见玉帘坠。

盈丈悬崖石,喷雪声清厉。

菜香圃

疏畦倚松岭,桔梗临蒲池。

分行作豆棚,削竹植瓜篱。

椰菜与萝卜,清甘吾爱之。

英雄老闭门,种菜吾所宜。

却曲径

蟠岭既登顿,循涧复侧欹。

丛树枝蔽影,狭路草湿衣。

尺步不平直,陟降多颠危。

扶杖且乐行,世路尤险巇。

忘忧馆

龙蛇起大陆,风云扰中原。

西顾望禹域,沉沉我忧煎。

欲度无舟梁,头痛心烦冤。

高斋餐烟霞,忽忘人世言。

须磨游存簃夏日即事六首

康有为

北岭屏开翠,东溟浪打蓝。

吾庐足邱壑,秋色满松杉。

抚石行摊卷,锄花命托镵。

乱离满天地,摇落自江潭。

俗变攻吾短,园幽得日长。

闭门惟种菜,因树且悬床。

观化养生主,无名安乐方。

疏钟送晚雨,山翠扑人凉。

晏坐松林冥,观时日月深。

落花厚盈寸，积雨瀰层阴。
有欲频观妙，无言自证心。
入游非想定，天地听飞沉。

曳杖苍苔径，柴扉昼不开。
海风吹作冻，山雨歇还来。
我佛莲花净，故侯瓜蔓栽。
葵黄好颜色，向日复何哉！

异兰高数尺，移植美洲来。
大瓣青红艳，连珠烂漫开。
照人好颜色，旧梦醉楼台。
未忘前因事，吾园复此栽。

邱壑纡回曲，周行作壮游。
崖危试垂足，花亚故低头。
鱼乐知谁得，蛙鸣私是谋。
化人亦烦恼，回眄望神州。

（录自蒋贵麟编《康南海先生遗著汇刊》第 21 集）

香山：梁启超墓园的故事

梁启超墓与母亲树

发现梁启超墓纯粹出于意外。

1995年的10月28日是一个星期六，时值深秋，正是到香山赏红叶的最佳季节。不料，路经樱桃沟时的灵机一动，竟使"附庸蔚为大国"。漫山成片的红叶林终于不见，无意中在卧佛寺附近发现的梁启超墓倒占去了我们不少的时间。

许久未到此处，这一带的归属也发生了变化，原本独立的卧佛寺与樱桃沟已一并纳入北京植物园的辖区，仅成为其中的两个景点。观看路边树立的游览图时，"梁启超墓"的标记突然闯入眼帘，让我们又惊又喜。如此"妙手偶得"

自然比刻意求索更引人兴味。

按照地图的指引，在接近卧佛寺山门的路东，有一条小路。沿此前行数百米，穿过一个西洋式的石亭，便进到梁启超墓园中。

墓园的主体是梁启超（1873—1929）与夫人的合葬墓，墓碑及两侧衬墙由淡黄色的花岗岩制成，方位取标准的坐北朝南式。碑体上刻两行字：

先考任公府君暨
先妣李太夫人墓

后面是众多儿女、婿媳、孙辈们的名字。两侧衬墙呈"凹"字形展开，折向墓前方的墙体侧翼均刻一双手合十的观音像，作为装饰。

根据梁启超生前对子女的嘱咐，此碑文原拟由曾习经（字刚甫，一作刚父，1867—1926）书写。曾为广东揭阳人，与梁为大同乡。梁曾为其作《曾刚父诗集序》，中叙二人交谊始于1889年，为乡试同年。次年入都，曾中进士，梁落第。但自此，梁氏每次来京参加会试，均"日与刚父游：

时或就其所居之潮州馆共住，每瀹茗谭艺，达夜分为常；春秋佳日，辄策蹇并辔出郊外，揽翠微、潭柘之胜"。二人不仅趣好相投，而且同为国难，忧心如焚："甲午丧师后，各忧伤憔悴。一夕对月坐碧云寺门之石桥，语国事相抱恸哭。"据此，香山一带也是二人早年行踪所到之处。一旦梁启超归于泉下，预先请托当年并辔同游、心迹相同的老友题写墓碑，也很合适。何况，曾氏精于书法，习北魏张黑女碑，又能作瘦金书。只是，如果遵照梁启超1925年定下的规矩：

将来行第二次葬礼时，可立一小碑于墓门前之小院子，题新会某某暨夫人某氏之墓，碑阴记我籍贯及汝母生卒年月日，各享寿若干岁，子女及婿、妇名氏，孙及外孙名，其余赞善浮辞悉不用，碑顶能刻一佛像尤妙。（1925年10月4日《与思顺、思成、思永、思庄书》）

则"第二次葬礼"即梁启超本人于1929年1月过世时，曾习经已于三年前离去。现刻之碑因无落款，不知是否曾氏手笔；而梁之《曾刚父诗集序》倒确是践死友生前之约而作，撰写于1927年，时在曾病逝一年后。这一段文字缘也见证了二人的生死交情。

与梁启超夫妇墓的饱经风雨不同，墓东略靠后的一块卧碑显然为新制。趋前细看，此碑的题目为"母亲树"，我们才恍然悟到，这就是碑后那株小松树的题名。镌刻在石碑正面的文字说明了植树的缘起：

为纪念梁启超第二夫人王桂荃女士，梁氏后人今在此植白皮松一株。

王桂荃（一八八六至一九六八），四川广元人，戊戌变法失败后梁启超氏流亡日本时期与梁氏结为夫妻。王夫人豁达开朗，心地善良，聪慧勤奋，品德高尚。在民族忧患和家庭颠沛之际，协助李夫人主持家务，与梁氏共度危难。在家庭中，她毕生不辞辛劳，体恤他人，牺牲自我，默默奉献；挚爱儿女且教之有方，无论梁氏生前身后，均为抚育子女成长付出心血，其贡献于梁氏善教好学之家良多。梁氏子女九人（思顺、思成、思永、思忠、思庄、思达、思懿、思宁、思礼）深受其惠，影响深远，及于孙辈。缅怀音容，愿夫人精神风貌常留此园，与树同在。待到枝繁叶茂之日，后人见树，如见其人。

碑后记有建碑人、梁家二十七位后裔的姓名。让我们更为惊喜的是，此碑最后一行所署时间："一九九五年四月立"。刚刚半年以后，我们就来拜谒墓园，见此新植之树，也应说是颇有缘分。

王夫人虽然对梁家贡献极大，但在很长一段时间里，她一直隐身幕后，甚至名字亦不见于各种梁启超传记、年谱中。1984 年，上海人民出版社首次在大陆出版半个世纪前编纂的《梁任公先生年谱长编初稿》修订本。细读这部易名为《梁启超年谱长编》的大书，可以发现在梁氏的家书中，常会提到一位"王姑娘"，后又改称"王姨"。当李夫人不在身边的时候，她显然承担了照顾梁启超起居的责任，而且为梁氏生儿育女。但通读全书，编者丁文江与赵丰田却始终未对王氏的身份有任何说明。恰好，那时《北京日报》发表了一篇表彰梁启超坚守早年与谭嗣同所创"一夫一妻会"的理想，在檀香山拒绝何蕙珍女士追求的短文。我记起"王姑娘"之

梁启超第二夫人王桂荃像

事,私心以为"此一时也,彼一时也",未可一概而论。

并非梁启超侧室的情况无人知晓,即如梁早年在横滨大同学校的学生、后因政见相左反目成仇的冯自由,在《年谱长编初稿》完稿的1936年,便发表过一篇《梁任公之情史》的笔记。其中说及李夫人"有随嫁婢二",其一名来喜,为贵州人(所谓"黔产")。"甲辰(一九〇四年)某月启超忽托其友大同学校教员冯挺之携来喜至上海。友人咸为诧异,后乃知为因易地生产之故"。由于冯氏对梁启超所取攻讦口吻,容易惹人怀疑,且刊载于《逸经》杂志的此文,在汇编成《革命逸史》一书时,也被冯本人删落,故一向少有人知,也少有人信。

由梁家后人正式披露王夫人存在事实的,是梁启超的外孙女、梁思庄之女吴荔明所撰《梁启超和他的儿女们》。这篇1991年初刊于《民国春秋》的长文,第一次向世人介绍了王夫人的生平:

> 梁启超的第二位夫人王桂荃是四川人,一九〇三年嫁给外公,生有六个子女长大成人:三舅思永、四舅思忠、五舅思达、五姨思懿、六姨思宁、八舅思礼。

虽然叙述仍嫌简略,但王夫人毕竟已在梁启超的家庭史中占据应有的位置。四年后,在梁启超墓侧栽种"母亲树"的活动,既表达了梁家全体对因遭遇"文革"、骨灰无存的王氏的永久怀念与郑重感谢,也使王桂荃的名字终于在身后与梁启超系联在一起,不可分离。

不管当初因为什么,王桂荃走进了梁启超的生活,她终究已成为这个了不起的家庭中不可或缺的人物。吴荔明出版于1999年的回忆录《梁启超和他的儿女们》(上海人民出版社版），专为王氏写了一章《记忆中的温馨形象——我热爱的婆王桂荃》，尽可能详细地描述了王夫人值得同情的一生与令人尊敬的品格。阅读的感受是，梁启超有此良助，确可在流亡异域的颠沛生活中得到莫大慰藉。

历史已经发生，就应该让它原样呈现。

先行安葬的李端蕙夫人

一般而言，合葬墓多半建于夫妻中先去世的一方下葬之年。梁启超墓也是如此。李夫人1924年9月13日（旧历八月十五）病卒，次年10月3日（旧历八月十六）安葬于此墓地。因此，1925年也就是梁启超墓园建造之年。

关于梁启超与李夫人的婚姻，在梁氏撰写的《悼启》中有追述：

> 光绪己丑（引者按：1889年），尚书苾园先生讳端棻主广东乡试，夫人从兄也。启超以是年领举，注弟子籍。先生相攸，结婚媾焉。

如此平实道来，只因出于当事人自述，不便自我夸耀。但其中包含的本是旧时官场中常见的佳话，即"座师招赘高足"故事的变异。一介贫寒子弟，由于才华出众，为考官赏识，主动提亲，在那个年代确是十分荣耀的事情。梁弟启勋对同一情节的叙说便更带戏剧性：

> 光绪十五年己丑，十七岁，举于乡，榜列八名。当时典试之正座乃贵州李芯园，副座乃福建王可庄（引者按：名仁堪）。榜发，李请王作媒，以妹字伯兄。同时王亦怀此意，盖王有一女公子正待字也。但李先发言，乃相视而笑。（《曼殊室戊辰笔记》）

李夫人出生于1869年，1891年与虚龄十九的梁启超结婚时，李已二十三岁。毋庸说，李端棻与梁启超的结亲，也是其戊戌政变发生后获罪远谪新疆的重要因由。这使梁对李在知遇之恩外，更怀有感激之情。

李夫人为世人所知的名字是"蕙仙"，这在梁启超写给妻子的家信与诗词中均可见。梁家后人也据此称其名，如吴荔明著《梁启超和他的儿女们》，书中专记李夫人的一章，副题便写作"公公和婆李蕙仙"。不过，对亲近的人应呼表字是旧日常规，"蕙仙"因此很可能并非李夫人的本名。梁启超在《悼启》中对此既未作说明，我们只好另寻线索了。

1897年冬，维新派在上海筹建中国女学堂时，主事者经元善刊行过一本《中国女学堂捐款章程》。其中所附捐款人名单中，对梁家女眷有如下记注：

> 拣选知县、咸安宫教习、新会梁启超之母、覃恩诰封宜人、新会吴氏率媳贵筑李端蕙捐助开办经费洋银伍拾员、常年经费洋银拾员

此外，1898年7月24日，由中国女学堂同人编辑的《女学报》问世，创刊号上登载的"本报主笔"十八位女性的名字中，也列出了"贵筑李端蕙女史"。根据李氏从兄端棻之名，可知"李端蕙"才是梁启超夫人正式的名讳。

李端蕙大约因出身官宦人家，为人严厉。吴荔明的回忆录中也说，"李蕙仙婆是个较严肃的人，性情有点乖戾"，"所以家里的人，都有点怕她"（《梁启超和他的儿女们》20页）。这和经常写信给"宝贝思顺"与"对岸一大群可爱的孩子们"的梁启超，恰好形成"严母"与"慈父"的对照。

李夫人最终由于乳腺癌扩散而去世，患此病症恐怕也与其个性有关。但事后追思，梁启超总埋怨自己的不忍让。一年后，在给大女儿思顺的信中，他仍然忏悔道：

顺儿呵，我总觉得你妈妈这个怪病，是我们打那一回架打出来的。我实在哀痛之极，悔恨之极，我怕伤你们的心，始终不忍说，现在忍不住了，说出来也象把自己罪过减轻一点。（1925年9月29日《与思顺、思成、思永、思庄书》）

这一让梁启超痛悔莫及的夫妻龃龉，具体情节现在已很难知晓，但他在《亡妻李夫人葬毕告墓文》中用韵文表达出来的伤痛，读来却令人感动：

呜呼哀哉！
君我相敬爱，自结发来，未始有忤。
七年以前，不知何神魅所弄，而勃豀一度。
君之弥留，引疚自忏，如泣如诉。
我实不德，我实无礼，致君瘠疾，岂不由我

之故?

　　天地有穷,此恨不可极,每一沉思,槌胸泪下如雨!

这篇《告墓文》被梁启超自许为"一生好文章之一",写作也大费经营。以梁氏"下笔不能自休"的倚马才,不过千字的祭文竟然"做了一天,慢慢吟哦改削,又经两天才完成",足见其推敲锻炼用功之深。如此呕心沥血作成的文章,期以传世,也在情理中。梁氏对此文极为珍爱,不但把原稿交给思顺保存,嘱咐"将来可装成手卷","有空

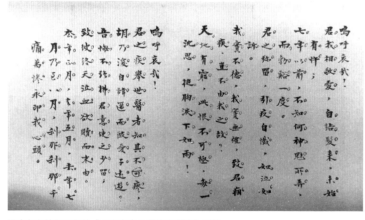

梁启超留给梁思顺的《亡妻李夫人葬毕告墓文》手迹

还打算另写一份寄思成";而且因为"其中有几段,音节也极美",所以要求思顺、思成等姐弟与林徽音"都不妨熟诵,可以增长性情"(1925年10月3日、9月29日《与思顺、思成、思永、思庄书》)。

这样一篇好文章,仅只家藏,未免可惜。而在《饮冰室合集》中失收的《亡妻李夫人葬毕告墓文》,其实还有在1925年10月出版的《清华文艺》第二号上露面的机会。引人注目的是,这篇在古代文体中属于"祭文"类的文字,却堂而皇之地放在"诗歌"栏刊出,并完全采用了现代诗的分行与标点形式。在感叹梁氏好奇趋新、永远充满活力之时,也让人对其"情感之文"非用韵文不可的表达方式发生探究的兴趣。

癌症本是很痛苦的病,李端蕙初次发现乳腺癌是在1915年,先后做过两次割治手术。此次复发,已是大面积扩散,治无可治。从身旁亲人的感受,我们也可了解其所经受的病痛非常人能忍耐。李夫人病逝当年的12月,梁启超照例须为《晨报》纪念增刊作文,所撰《痛苦中的小顽意儿》,开篇便讲到"今年真要交白卷了"的缘故:

> 因为我今年受环境的酷待,情绪十分无俚:我的夫人从灯节起,卧病半年,到中秋日,奋然化去。他的病极人间未有之苦痛,自初发时,医生便已宣告不治,半年以来,耳所触的只有病人的呻吟,目所接的只有儿女的涕泪。丧事粗了,爱子远行,中间还夹着群盗相噬,变乱如麻,风雪蔽天,生人道尽。块然独坐,几不知人间何世。哎!哀乐之感,凡在有情,其谁能免?平日意态活泼兴会淋漓的我,这会也嗒然气尽了。

并非身受者已感觉"生人道尽",那么,对性格坚毅的李端蕙也会由于不堪忍受无休止的疼痛而另寻精神寄托,我们便很容易理解了:

> 夫人夙倔强,不信奉任何宗教。病中忽皈依佛法,殁前九日,命儿辈为诵《法华》。最后半月,病入脑,殆失痛觉。以极痛楚之病而殁时安隐,颜貌若常,岂亦有夙根耶?哀悼之余,聊用慰藉而已。(梁启超《悼启》)

由此也可以知道，梁启超夫妇合葬墓的墓石上为何刻有佛教浮雕，那原是李夫人临终前的信仰，精研佛学的梁氏亦希望借此表达自己深长的哀思，给长眠地下的爱妻带来安慰。

墓园的购建经过

记得以前阅读《梁启超年谱长编》时，曾看到梁启超给子女的信中，保留了大量关于购建墓地的说明。探访归来后，少不得乘兴重温，也更觉亲切。

还在李端蕙病中，二子梁思成与梁思永恰好从清华学校毕业。李夫人不愿因自己的病耽误儿子学业，故还是催促二人赴美留学。李氏辞世后，梁启超又将两个女儿思顺与思庄送去加拿大。因此，墓地的修筑便全由梁弟启勋一力承担。在此期间，梁启超也不断给"对岸一大群可爱的孩子们"写信，随时告知工程进度并征询意见，足见梁家自由民主之风气。

墓园于1925年8月16日开工，本来准备阴历九月入葬。但经过梁启超约请的一位同乡"日者"推算，"谓八月十六日（引者按：阳历为10月3日）辰时为千年难得之良辰"，故定于此日安葬李端蕙。相信科学的梁启超竟然也迷信占卜，似乎不可思议。但在丧葬大事上从众从俗，趋吉避凶，以求尽心、安心，毕竟是值得尊重的人之常情。在此情境下，安葬妻子的梁氏也不可能有其他的选择。只是，工期突然缩短了半月，忙碌可想而知。不仅监督工程的梁启勋须一直住宿在附近山上，而且，为赶工期，"中间曾有四日夜，每日作工二十四小时，分四班轮做"（1925年9月20日梁启超《与思顺等书》），监工者的辛苦异常自不待言。

关于墓穴的设计，也有过一番周折。起初，梁启超因考虑到，"若不用石门，只用砖墙堵住洞口，则六百余元便毂"，可节省一半费用，故打算"四围用'塞门德'（引者按：英文cement'水泥'的译音）灰泥，底下用石床，洞口用砖"，认为这样"也毂坚固了"（1925年8月3日《给孩子们书》）。写信征询孩子们的意见，并不获赞成。隔海通邮本来费时，很可能误事。幸好，细心的梁启勋先已作了周到的安排：

> 他说先用塞门特不好，要用塞门特和中国石灰和和做成一种新灰，再用石卵或石末或细砂来调，（……）砖缝上一点泥没有用过，都是用他这种新灰，冢内圹

虽用砖，但砖墙内尚夹有石片砌成的圹，石坛都用新灰灌满，圹内共用新灰原料，专指塞门特及石灰，所调之砂石等在外，一万二千余斤。二叔说算是全圹熔炼成一整块新石了。

而且，按照梁启勋的设计，墓圹开掘很深。"开穴入地一丈三尺，圹高仅七尺，圹之上培以新灰炼石三尺，再培以三尺普通泥土，方与地平齐。"这样坚固的坟茔，难怪梁启勋敢担保，即使梁家兄弟日后要在上面"起一座大塔，也承得住了"(1925年10月3日梁启超《与思顺、思成、思永、思庄书》)。

圹内的格局则多半是根据梁启超的意愿，一分为二，梁氏居左，夫人在右。"双冢中间隔以一墙，墙厚二尺余"；"墙上通一窗，丁方尺许"。李端蕙下葬后，先用浮砖把窗户堵上。准备等梁氏百年入葬时，再以红绸取代砖块，覆盖窗上。可以发现，在墓穴的布局上，梁启超刻意追求的是连死亡也不能隔断的声应气求、心心相印。他特别向儿女们解释目前这种安排的优长：先采用排他法，祛除了"同时并葬"时所用的一冢内置两石床的方案，因"第二次葬时恐伤旧冢"；而"同一坟园分造两冢"的形式亦不可取，因其"已乖同穴之义"。那么,剩下的便只有梁氏所用的一圹两冢、间隔一墙的设计了。墙上设窗,意在强调"同穴",而"第二次葬时旧冢一切不劳惊动",故被认为是"再好不过"的法子(1925年10月3日《与思顺、思成、思永、思庄书》)。梁启超这番体贴入微的心意,在《亡妻李夫人葬毕告墓文》中也吐露无遗:

郁郁兮佳城,融融兮隧道,

我虚兮其左,君领兮其右。

海枯兮石烂,天荒兮地老,

君须我兮山之阿!行将与君兮于此长相守。

也即是说,在梁启超看来,坟墓并不意味着爱情的终结,倒恰恰是"爱之核兮不灭,与天地兮长久"的实在证明。借助墓地的营建,梁启超也在向夫人表达永远不变的情感。

如此费心经营的墓园,最后的费用超过预算原不足为奇。早先以为买地、筑坟加葬仪,"合计二千元尽彀了";但到丧事办完,已"用去三千余金"。如果就此打住,尚

梁启超墓

可称"工程坚美而价廉"。何况,这一年,梁启超每月有北洋政府致送的夫马费八百元,支付丧葬应有余,梁启勋还为此开玩笑说,李夫人的入殓"无异国葬"。不料后来旁枝横逸,多出一段插曲,又使此项开支突飞猛进,涨到四千五百余元,不仅梁氏个人的"存钱完全用光",梁启勋"还垫出八百余元"(1925年8月3日、11月9日、10月3日、9月20日梁启超《给孩子们书》)。

而大幅度超支意外情况的出现,竟是为了两块未派上用场的石碑。关于此事的经过,不如直接引用梁启超本人

香山:梁启超墓园的故事 113

的叙述，反更觉生动有趣：

> 葬毕后忽然看见有两个旧碑很便宜，已经把他买下来了。那碑是一种名叫汉白玉的，石高一丈三，阔六尺四，厚一尺六，驼碑的两只石龟长九尺，高六尺。新买总要六千元以上，我们花六百四十元，便买来了。初买得来很高兴，及至商量搬运，乃知丫头价钱比小姐阔的多。碑共四件，每件要九十匹骡，才拖得动，拖三日才能拖到，又卸下来及竖起来，都要费莫大工程，把我们吓杀了。你二叔大大的埋怨自己，说是老不更事。后来结果花了七百多块钱把他拖来，但没有竖起，将来竖起还要花千把几百块。（1925年11月9日《给孩子们书》）

我们这次参观时，在梁启超夫妇墓南面，看到两块高大的龟趺碑，一碑无字，一碑为康熙四十年所刻，分立墓道两侧。当时琢磨了半天，不明究竟。读了这封梁启超写给子女们的信，才知道这块与梁家没有任何关系的旧碑得以进入墓地的缘故。根据吴荔明的记述，倒卧地上的两碑直到五十多年后，才由北京植物园出资树立起来。如今，它们作为梁墓的点缀，也留下了一则逸话。

提前到来的梁启超葬礼

安葬夫人时，梁启超大概绝对没有料到，自己的"第二次葬礼"会来得这么快。而其伏因，在李端蕙患病时即已种下。

梁启超去世后，子女追述其病逝经过，首先提及："十二（引者按：疑当作'三'）年春，先慈癌病复发，协和医院声言不治，先君子深受刺激，遂得小便带血之症。"（梁思成等《梁任公得病逝世经过》）至1926年3月，因病情加剧，相信科学的梁氏在协和医院动手术割去了右肾，尿血却未治愈。在后来时好时坏的反复过程中，又出现了新的病症。1929年1月19日，梁启超遽尔逝世。辞世情景，《北平朝报》次日曾记载如下：

> 某记者于午后二时，赴该医院（引者按：指协和医院）调查。是时梁之病室内外，其亲属友朋糜集，情形极为纷乱。其弟启勋，及公子思达，女公子思懿，思宁

梁启超最后的留影

在侧,旋其在天津南开大学服务之幼弟启雄亦赶到。二时一刻,梁病势转剧,喉间生痰。弟在病榻之左,大喊哥哥,儿在右哭叫爸爸。梁左望无语,旋右望,眼中落泪,即溘然长逝。一时哭声震耳。(《梁启超昨日逝世》)

生命的突然中断,使1月11日还在为自己一个多月后的六十寿辰预请友人撰文百篇的梁启超,留下了数不清的无可弥补的遗憾。

梁启超病逝后，2月17日，在北京的广惠寺与上海的静安寺，亲友分别为他举行了公祭大会。此后，一如其夫人的先停棺、后入埋的营葬方式，梁启超的灵柩也在吊唁后暂厝广惠寺，直至当年的9月9日才正式安葬。猜想这样安排的原因，大概是为了等待时在国外的思顺、思永、思忠与思庄归来。

关于梁启超的葬礼，历来少有叙述。我是因辑录《追忆梁启超》（中国广播电视出版社1997年版）一书，翻检杨树达日记《积微翁回忆录》（上海古籍出版社1986年版）时，偶然发现其并非如常人所想象，在开吊后很快入土为安。杨树达为梁启超早年执教长沙时务学堂时的学生，对梁终身执弟子礼。先是1929年1月19日日记云："今日任公师病逝于协和医院，中国学人凋零尽矣；痛哉！二十日大殓，赴广惠寺参加。"可知梁之遗体于逝世第二日已移至广惠寺。9月8日，杨氏又记道："任公师出葬西山。余待殡于宣内大街，参与执绋，送至西直门始归。"因知梁氏葬仪实在此时举行。

至于安葬的具体日期，则有赖于吴其昌之女令华先生提供的吴撰《祭先师梁启超文》的提示。吴其昌系梁启超担任著名的清华国学院导师时指导过的研究生，收入《饮冰室合集》中的梁氏晚年著述，不少便由其笔录。祭文开头即明言："维中华民国十有八年九月九日，实我夫子大人新会梁先生永安窀穸之期也。"而据此查找当日报纸，所得却极为有限。而其大体经过既与李夫人之葬仪相似，不妨先引录梁启超1925年10月3日写给海外子女们信中的记述：

> 葬礼已于今日（十月三日，即旧历八月十六日）上午七点半钟起至十二点钟止，在哀痛庄严中完成了。
>
> 葬前在广惠寺作佛事三日。昨晨八点钟行周年祭礼，九点钟行移灵告祭礼，九点二十分发引，从两位舅父及姑丈起，亲友五六十人陪我同送到西便门（步行），时已十一点十分（沿途有警察照料），我们先返，忠忠、达达扶柩赴墓次。……我回清华稍憩，三点半钟带同王姨、懿、宁、礼赴墓次。直至日落时忠等方奉柩抵山。

之所以费时一天才将灵柩送到西山，乃是因为采用了杠抬的办法。据梁启超说,当时规定,"灵柩不许入城,自前清以来,非奉特旨不可,而西便门外无马路,汽车振动,恐于遗骸有损"(1925年9月20日《与思顺等书》)。这些梁氏生前写下的细节,倒可以填补其本人葬事报导不详的缺憾。

根据天津《大公报》1929年9月10日的一则"电话"通讯,同时参照杨树达日记与梁启超的前述信件,可以知道,梁启超的移葬程序应该是:9月8日上午从广惠寺发引,执绋者送至西直门,当晚灵车到达卧佛寺。9日,葬礼告成。

《大公报》的报导题为《梁任公葬于西山》,全文如下:

[西山电话]一代名士梁任公昨日已安葬于西山卧佛寺东坡之墓地。先是八日晚已将灵柩由北平广惠寺移至卧佛寺,至昨晨十时以前,关于安葬之准备,俱已妥贴,家属全到,亲友会葬者,有张君劢等二百余人。安葬之前,举行公祭,当场议,捐资建筑一纪念亭。经众同意,即时行破土礼。至十二时葬礼告成,会葬者在卧佛寺聚餐而散。是日也,无僧道参加,仪式甚为单简云。

值得一提的是,《大公报》的短讯尽管简略,却是我翻阅过的八种京、津、沪报纸中唯一有关梁氏葬仪的记载。此外便只有上海的《时事新报》在9月9日那天,专门发表了张其昀的《悼梁任公先生》。文中提到:"自梁先生之殁,舆论界似甚为冷淡。先生遗体将于今日在北平香山卧佛寺之东坡安葬。"张因此特为撰文,表示悼念。

而《大公报》通讯中提到的纪念亭,便是今日墓园西侧居中而立的那座八角石亭。据梁家后人回忆,此亭的设计者为梁启超长子、著名建筑学家梁思成。其建筑风格的中西合璧,已隐然显示出梁思成日后更趋成熟的作品倾向。亭身仍采用浅黄色花岗石,上面覆盖着蓝绿色琉璃瓦,里面顶部正中,雕刻有葵花图案。亭内原准备安置一尊梁启超半身铜像,却始终未能如愿。

纪念亭虽然在1929年9月的葬礼中已破土奠基,但其建成之日则未见记录。依据石亭与墓碑建材相似来推测,二者应是同时完工。那么,梁启超夫妇墓碑阴所记建立时日,即"中华民国二十年十月",应该也是纪念亭建筑之年。其时距梁启超下葬恰好过了两年。

回头再来看梁启超墓的样式。因为安葬李端蕙夫人时，梁启超已一再向孩子们交代，"坟园外部的工程，打算等思成回来布置才好"，"所余冢顶上工作，如用西式墓表等事，及墓旁别墅之建筑等，则待汝兄弟归来时矣"（1925年8月3日、9月20日《给孩子们书》），故负责墓园总体设计的梁思成自当遵嘱而行。于是，圹内的设置尽管保持了中国夫妇"死则同穴"的古义，而地表的墓体，如前面的墓碑、供台与衬墙以及碑后的墓盖，却全然属于西式结构。于此亦体现了梁启超一生融贯中西的理想。

吴其昌撰写的《祭先师梁启超文》，乃是代表清华大学研究院全体学生在墓前致祭时所念诵。文中祝祷梁师"苦难都消，痼疾永弃"，因为"西山汤汤，终古晴翠。岩深壑静，泉冽潭沚。芬芳高伟，宜是师俪"。在这一片佳山胜水之间，梁启超是不是真的能够像吴文所祈愿的那样得到安息，梁在南京教过的学生张其昀显然表示怀疑。在他看来，"自称元气淋漓，不让后生"的梁启超，"乃享寿未满六旬。其生平志业，多未成稿"，因而，"栖依西山，想有遗恨"（《悼梁任公先生》）。是耶非耶？不得而知。

前贤往矣，评说由人。但在梁启超，总是实践了其"战士死于沙场，学者死于讲座"的人生信条。哲人虽萎，精神长存。

墓园的兴衰与逝者的命运

现有的梁启超墓园本来很有可能成为梁氏家族共同的墓地,这在年方二十五岁的梁思忠1932年病故后,即由兄长思成与思永入葬于此园,已可看出。不过,1950年代以后,频繁出现的政治运动改变了这一切。梁启超既成为屡遭批判的"反动的"保皇党与资产阶级改良派,1954年病逝的考古学家梁思永之另寻墓所,也就情有可原了。不消说,死于"文革"期间的长女思顺、长子思成,以及尸骨无存的王桂荃夫人,当时更不可能归宿此间。

唯一的例外是梁启超的七弟梁启雄。这位以研究荀子知名的学者,1965年去世前为中国科学院社会科学部哲学所研究员。他在靠近梁启超墓的东南方有一小块墓碑,此碑是否"文革"前已进入园中尚不清楚。此外,墓园里还有其他两块石碑:紧傍梁启雄墓,同样小小的一方,为其子梁思乾之墓;在梁启超墓西南,贴近纪念亭较大的一方,为原任北京大学图书馆副馆长的梁思庄之墓。后者与梁思忠墓均面向主墓,比肩并排,一立一卧,犹如仍然依

梁启超与三子思忠、次女思庄

偎在父母怀抱中的两个孩子。

仔细观看墓碑，可以发现，梁思乾与梁思庄分别去世于1983与1986年。其时已进入改革开放的年代，对梁启超也开始重新评价其功过得失。二人于此时埋葬墓园，显示了不公正的政治压力已经缓解，梁家后代不必再有意回避与先人的骨肉亲缘。

而在此之前的1978年，梁家已经把墓地捐献国家。

归公以后，再要于此地添置新坟，原非易事。为纪念王桂荃夫人而立碑栽树，便经过了八个月的审批周折。直到梁启超幼子、身为中国科学院院士的梁思礼直接写信给统战部部长，此事才获解决。梁思庄的跻身墓园，更带有若干传奇色彩。那过程听其女吴荔明老师讲来，简直形同"偷埋"。幸好梁思庄有足够的名望，配得上在此名墓中占据一席之地，因而这一安葬行为，事后还是得到了有关方面的同意。

早在墓地初建的1925年，梁启超已开始筹划种树。那时的想法是：

> 墓顶环一圆圈，满植松柏。墓道两行松柏，与马缨花相间。围墙四周满植枫树，园内分植诸果及杂花。外院种瓜蔬。（1925年9月21日《与思顺等书》）

现在的布局虽并不尽如梁启超当年所设想，但收归北京植物园后，这一带已规划为银杏松林区，植被优良。大墓周围松柏环绕，墓道两侧乔木高大，虽值晚秋，依然绿意葱茏。

也许真的如俗语所说,"有一利必有一弊"。除了导游图上的标志,沿途走来,我们竟再看不到一个指示梁启超墓所在地的路标。植物园对自然风景的刻意经营,是否会淹没对已然存在的人文景观的应有关注?我希望事情不至于走到这个极端。

2002 年 7 月 19 日于京北西三旗

又及:2017 年 3 月 20 日接陆灏兄电邮,告知其在新近出版的周肇祥著《琉璃厂杂记》增订本(北京联合出版公司 2016 年版)卷十五 1925 年初的纪事中,看到一条与梁启超墓地有关的记载,特拍照发来,现节录如下:

> 任公嘱为其亡妇李夫人觅葬地,因与仲策(按:即梁启勋)相度于卧佛寺之东山坡。得地十亩,形势颇好。土中多碎碧瓦,古寺基地。逾岭而东,抵象鼻沟西,一山幕立,下如铺毡,碎瓦多黑紫色,半当龙文青翠欲滴,想见当年绀宫琳宇之盛。今无寸椽,有为即有坏矣。天阴欲雪,朔风峭利,饭于新村,得酒气壮。

周氏在民国时期曾任清史馆提调、古物陈列所所长。此段文字可补上述购置墓地之缺,且经由其精当的笔墨,足可想见当年墓园周边的环境与氛围。

2018年8月29日于京西圆明园花园补记

[附录]

亡妻李夫人葬毕告墓文

梁启超

惟民国十有四年岁次乙丑夏历八月既望,鳏夫启超率哀子思顺、思成、思永、思忠、思庄、思达、思懿、思宁、思礼奉先室李夫人灵柩永安于京西香山卧佛寺之东原。实夫人周忌之后一日也。既克葬,乃以特牲清酒庶羞果蔬享于墓而告之曰:

呜呼!

君真舍我而长逝耶?

任儿女崩摧号恋而一瞑不视耶?

其将从君之母,挈君之殇子,日逍遥于彼界耶?

其将安隐住涅槃视我辈若尘芥耶?

呜呼哀哉!

君之嫔我,三十三年。

仰事父母,俯育儿女,我实荒厥职,而君独任其仔肩。

一家之计,上整立规范,下迄琐屑米盐,

我都弗恤，君董理之，肃然秩然。

君舍我去，我何赖焉？

我德有阙，君实匡之；

我生多难，君扶将之；

我有疑事，君榷君商；

我有赏心，君写君藏；

我有幽忧，君噢使康；

我劳于外，君煦使忘；

我唱君和，我揄君扬。

今我失君，只影彷徨！

呜呼哀哉！

君我相敬爱，自结发来，未始有忤。

七年以前，不知何神魅所弄，而勃谿一度。

君之弥留，引疚自忏，如泣如诉。

我实不德，我实无礼，致君痼疾，岂不由我之故？

天地有穷，此恨不可极，每一沉思，搥胸泪下如雨！

呜呼哀哉!

君之疾举世医者知其不瘳;

胡乃深自讳匿而驱爱子远游?

吾悔不强拂君意使之少留,

致彼终天泣血欲赎而末由。

去年正月,去年五月,去年七月乃至八月,刹那刹那千痛万惨永印我心头。

呜呼!

我知君之诸子实君第二生命;

我今语君以彼辈,君其聪听:

顺自侍君疾以迄执君丧,几劳毁以灭性;

君与我固常忧其病;

今幸无恙,随婿挈孙,徜徉新陆,起居殊胜。

阿庄君所最系恋;今随厥姊,学而能竞。

成、永长矣;率君之教,无改其恒性。

一月以前,同气四人,天涯合并,

相持一恸,相看一笑,不知有多少悲愉交迸!

君倘曾一临存，——当那边夜深人静？

忠、达、懿、宁，正匍伏墓前展敬；

君试一煦摩省视，看能否比去年淑令。

小子礼在怀，君恨不一见而瞑；

今已牙牙学唤母，——牙牙学唤母，君胡弗应？

呜呼哀哉！

自君去我，弹指经年。

无情凉月，十三回圆。

月兮，月兮，为谁圆？

中秋之月兮，照人弃捐！

呜呼，中秋月兮，今生今世与汝长弃捐——

年年此夜，碧海青天。

呜呼哀哉！

有怀不极，急景相催。

寒柯辞叶，斜径封苔。

龙蛇素旐，胡蝶纸灰。

残阳欲没，灵风动哀。

百年此别，送君夜台！

尘与影兮不可见，羌蜷局兮余马怀——

五里一反顾，十里一徘徊。

呜呼！

人生兮略［若］交芦，因缘散兮何有？

爱之核兮不灭，与天地兮长久。

"碧云"兮自飞，"玉泉"兮常溜；

"卧佛"兮一卧千年，梦里欠伸兮微笑。

郁郁兮佳城，融融兮隧道，

我虚兮其左，君领兮其右。

海枯兮石烂，天荒兮地老，

君须我兮山之阿！行将与君兮于此长相守。

呜呼哀哉！

尚飨！

    十四，九，二十九，作于清华北院二号赁庐。

     （1925年10月《清华文艺》第1卷第2号）

祭先师梁启超文

吴其昌

维中华民国十有八年九月九日,实我夫子大人新会梁先生永安窀穸之期也。国立清华大学研究院全体学生哀念先师音容之日远,将临冈宫一诀而永别也。谨以芳糈清醴之奠,再拜昭告于我先师不寐之灵曰:

嗟乎吾师,遂永诀矣!捧手三年,如一日耳。而此昫忽,变化万起。沉陆忧天,掷时如水。一念音容,转深自悲。请垂慈察,敢诉一二:

忆我初来,稚态未薙。如拾土芥,视天下事。泼浦疾书,一文万字。古杰自侪,时贤如沫。读未盈卷,丢卷思嬉。清华芳树,故解人媚。况有晚风,往往动袂。华灯初上,新月流睇。呼其朋雠,三四为队。师家北苑,门植繁李。率尔叩门,必蒙召趋。垂诲殷拳,近何所为?有何心得,复有何疑?敉治考证,得证凡几?群嚣杂对,如侩呼市。画地指天,语无伦次。师未尝愠,一一温慰。亦颇有时,伸手拈髭。师居慈母,亲我骄儿。虽未成材,顾而乐之。此一时也，而如隔世。晨露侵帘，（此处似缺二字）梦寐。师宅犹昔，惟不见师。能不令人，腹痛成痗！

自师薨谢，大非昔比。年日过往，气转颓悴。举步便碍，触眼可咨。以此腐心，长复尔尔。重负我师，谆谆诱诲。惶恐觳觫，惟恳师宥。至于国难，更深于海。今者北虏，如虺如鬼。虔我边陲，饮我血脂。匪言可尽，转喉成戾。九原可作，犹当切齿。不敢悉告，恐师零涕。

嗟乎我师，遂永诀矣。所欲禀者，大略如此。不见师颜，亦既易岁。更于何所，面命耳提。每一念及，长号何已！想师天上，康宁有熹。苦难都消，痼疾永弃。西山汤汤，终古晴翠。岩深壑静，泉冽潭泚。芬芳高伟，宜是师俪。师归于兹，万祀无曁。日月恒明，江河不废。

嗟乎吾师，遂永诀矣。临诀一语，可以自誓：誓不自暴，矗竟师志。伏惟灵爽，鉴此微意。呜呼哀哉！尚飨。

（吴令华女士提供）

同里：曾经有过的荣光

从常熟到吴江

今年7月，承常熟白茆镇政府相邀，我与平原君一起参加了在当地举办的红豆山庄重建座谈会。除与会议题旨相关的参观活动——查考红豆山庄残存的一棵红豆树，以及钱谦益、柳如是相距百步、未能合葬的夫妇墓，我们又游览了曾朴故居曾园，登虞山，拜虞仲、言子、翁同龢墓，已然感慨于常熟自远古以来绵延不断的文化底蕴之深厚。由于会前我正在研究晚清一份著名的妇女杂志《女子世界》，该刊是由常熟人丁祖荫主编，吴江许多文人参与撰稿，于是不免得陇望蜀，期望亲履其地，一瞻遗存。凭借常熟两位朋友俞君与王君的热心相助，我们驱车数百里，一日之间，从黎里的柳亚子故居，转到如今已成江南旅游名胜地的同里，追寻近代人物的踪迹，真个是心满意足。

一路之上，俞、王二君对我们简要提示了吴江各镇不同的发展路向。柳亚子迁居的黎里属于乡镇企业较早发达的一类，那代价是旧建筑的拆除。同里则可谓"因祸得福"的典型，没赶上现代化潮头的"落后"状况，反而使之拥有了雄厚的"文化资本"，这就是今日已成珍稀的明清江南水乡景观。隶属昆山的周庄之取代苏州，成为上海人出游的首选，已喧传众口。我们本是"醉翁之意"既不在酒，

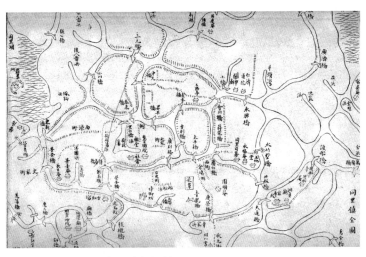

同里镇全图（1916年版《同里志》所刊）

也不在山水，得以亲身探访晚清人物生于斯、长于斯的一方水土，遥想当年英杰荟萃的人文氛围，乃此行的目的。

如此，同里的旧园老屋、小桥流水，对于我们也就有了别样的意味。

退思园的功能

退思园无疑是同里最负盛名的景点。根据手里的一张同里旅游图，可知该园在2000年已被列入世界文化遗产名录。可想而知，来同里的人必至退思园。除了一般旅游书上介绍的占地不大却布局独特，亭、台、楼、阁、廊、坊、桥、榭、厅、堂、房、轩一应俱全之外，退思园最引我遐想之处，是近代活动于其中的人物身影。

园主人任兰生（字畹香）的经历以及造园故事，在旅游手册和导游口中都可闻知一二。以平捻起家的任氏，在道台任上被参落革职，退居思过，却仍未消泯东山再起的企望。为我们解说的女孩相当认真、负责，地上鹅卵石铺成的"瓶生三戟"（谐音"平升三级"）图案，对岸闹红一舸连带九曲回廊的"神龙见首不见尾"，经她指点，均有寓意，竟无一处是闲笔。

我更关注的其实是任兰生之子传薪(1887—1962)。在南社盟主柳亚子(1887—1958)的回忆录《五十七年》中,这样描述了他少年时代的朋友:

> 味知名传薪,后改名侠,就是上文所讲畹香先生的少爷,听说好象还是遗腹子,所以小名唤作遗官呢。他是巢南(按:即南社的另一位发起人陈去病)的学生,年龄好象比我小两三岁,人极聪明,虽然不免有些少爷脾气。但轻财结客,是他的长处。巢南常常鼓励他,说他将门之子,应该学水浒上柴大官人柴进的作风才对哩。

他与柳亚子两度同学:先是1903年,同到蔡元培先生创办的上海"爱国学社"读书;次年,又一起入金一(1874—1947)开办的同里自治学社。不过,1906年,一班朋友再到上海健行公学求学时,柳亚子却被聘作国文教员,同学又变成了师弟。

退思园当年曾是同里人物的聚会游赏之地。后来改名金天羽的同里名士金一(字松岑),其《天放楼诗集》中便留下了若干蛛丝马迹。题为《中夏大雨连日不休,因忆同俊卿、冶民游任氏园有作,柬俊卿》的诗作,已透露出二三友人畅行其间的快乐。比此诗更早三年,即1896年,金一尚有《任氏退思园追悼味根(传易)》的三首绝句。所悼之人,可推断是"柴大官人"任味知的兄长。首尾二诗描写的园中风物及游乐情景,虽历百年,仍清晰在目:

重到名园问旧游,倚栏心事话从头。
方塘不作鸳鸯梦,霜醉芙蓉过一秋。

大风吹倒奇礓石,冷雨零残踯躅花。
苦忆棕鞋团扇日,水香亭子演琵琶。

按诗索景,正应了末后两句的时令,我等倒是挥扇不止,水香榭上却了无弦乐之声。

陈去病(1874—1933)也有诗写到退思园,不过并非深秋赏荷之季,而是初春花绽的景象。他在退思草堂等候朋友,朋友竟失约不到,于是吟诗曰:

退思园中的退思草堂、水香榭与闹红一舸（自右至左）

盈庭晓雾压莓苔，花蕊迷离看几回。

紫燕窥帘犹自去，子规啼血始闻哀。

红荼寂寂留春住，绿萼沉沉照水开。

料信故人违昨约，探梅莫肯破寒来。

（《初春退思草堂见雾，迟沈六不至》）

诗作于1901年。总之，无论春秋，退思园均向友朋开放。这应该与任兰生在起用的第二年，1888年即于任上去世有关。

1903年，陈去病赴日本留学，匆匆归来，朋友们也是在退思园为其接风。金一于宴饮后所作诗中有"万柄池荷一榻风"（《陈君去病归自日本，同人欢迎于任氏退思园，醉归不寐，感事因作》，1903年8月《江苏》第5期）之句，证明陈氏还乡日正当夏季。这一回，任传薪作为地主兼弟子，自然也该在座。

游园的客人又不只是男性，在1905年出版的《女子世界》第十三期上，还可以看到一篇署名明华女学校学生张驾美写作的《游任氏园记》。柳亚子的《五十七年》里也提到她一笔，称其为辛亥革命后做过孙中山大总统府秘书的湘人张通典的女、侄辈（实为侄女）。张驾美的文章颇类学堂习作，但时代气氛浓厚，可作为晚清女校学生的游记代表作阅读。

按照游记的通常作法，此文前半也先写景：

> 春去夏来，学堂放假，同学数人，游于任氏之花园。始进园门，长廊逶迤，各色花卉，芬芳袭人，桃红柳绿，争妍竞秀。中有一池，池侧有亭，蔷薇丛其上，颇幽雅。上书"水香榭"三字，盖取其临于水上也。隔水有桥，朱栏白板，如履坦途，可往来彼岸。沿桥而

前,则有石山一座,耸然高立,观音之阁在焉。上有种种花草,落英缤纷,黄蜂紫蝶,往来其间。复转而西,则花厅一间,大可容十余席。两傍各有厢房数间,皆宽而亮。虽不能为上等之园,亦可谓之中等矣。

据此可知,当时向外人开放游览的只是东边的园池,是为真正的"退思园"。

游记的后半照例转入发议论,所论却不同凡响,所谓"时代气氛"尽体现其中:

退思园边门

> 吾观此不禁叹曰：惜其非我之所有，而为他人之物。否则办一学堂于此，集同志数十人，课余之时，携手同游于花间，岂不乐哉？虽然，园林之胜，吾见亦多。惟其只知为一人之乐，而不知多人之乐；只知家庭之乐，而不知学堂之乐。是以一人有，则一人独享其乐，而不能分其利也。然有之者不知所以行其乐，反供种种菩萨，奉以香花，朝夕跪拜，使一最大之园，成为最古之庙。而风流裙屐之园主，时花窈窕之千金，乃与住持无异，岂不可笑哉？一念至此，提笔急书，以博同学之粲齿云尔。

不只是嘲讽园中设有供奉菩萨的观音阁，显示了作者崇信科学、破除迷信的新学立场；其将园林胜景改造为学堂的念头，也只能出现在晚清兴办新式教育的热潮中。

上述议论在今日看来，很有些煞风景，不过是为文造言，空想而已。殊不知放在当日的情境中，却是时髦，正合时宜。内宅既不可占用，新建校舍又须迟以时日，最能够满足"多快好省"办学要求的，自然是改造并非为家庭必需的私家花园。1908年，密云知县在官署办女学堂，便是借用了可与主体建筑隔断的西花厅(《密云县署女学成立志喜》,1908年5月22—23日《顺天时报》),位置应该也在花园内。县署的西园虽是官房,却不对公众开放。因此,要论到纯粹的"化私为公",退思园才算得上本色当行。

任传薪这位"风流裙屐之园主",果然颇有"小旋风"柴进的风格。现在已很难考知他是否读到了张驾美的游园感言(因金一与柳亚子均为《女子世界》重要撰稿人,其实是很有这种可能性的),不过,可以确认的是,他对改花园为学堂的想法并未一笑了之。文章刊出的第二年,他即在同里开办了丽泽女学校,并且,校址就设在退思园。1907年刊布的《最近各女学校生徒募集之调查一斑》(《女子世界》第18期),注录其"校所"在"吴江同里镇荷花荡"。此"荷花荡"正是退思园建造之前的地名,确切地说,所指就是园中那一泓碧水。

当年,退思草堂充当了一年级的教室,桂花厅则供五、六年级上课之用,任传薪又另外添造了一些房屋作为课堂。晚清正是中国女子社会化教育起步的时期,"少年女子,断不宜令其结队入学,游行街市"的禁令,曾经正式写进清政府1903年发布的《奏定蒙养院章程及家庭教育法章程》，而流传全国。办女学，尤其是高小以上，必附带提供膳宿，于是成为其时的通例。任家毗邻内宅与花园的中庭，正好派作这种用场。坐春望月楼上招待的客人，便固定为该校寄宿的师生了。

从游览书中可知，此校到民国时期依然存在，这在晚清那个女校因为经费困难或压力过大而旋起旋灭的时代，实属难能可贵。任传薪投入的精力、财力之巨，亦可想而知。该校遗址与退思园仅一墙之隔，偏偏赶上放暑假，第二日专程探访，仍不得其门而入。

当日游园，一个意外的收获是，在"整旧如旧"重修过的园中主体建筑退思草堂里，得知此处曾长期充作镇政府的办公室。陪同游观的一位吴江朋友，便因此而经常出入其间。作为公房使用的历史已成过去，但退思园在现代政治社会中的功能转化亦为不可回避的事实。正如同进入今日的商业社会，它又被发掘出旅游的价值一样。从一座花园的用途，看一个国家的变迁，退思园虽小，却堪称"一粒粟中容大千世界"。即此一点，已足显示退思园在同里首屈一指的地位。

革命教育的芽蘖

尽管江南暑热，习惯北地生活的我们很觉难耐，然而，既来同里，以金一斋号命名的天放楼却是不可不去。仍然由那位稚气未脱的女孩引路，一行人穿街过桥，直向镇北走去。那里显然是极少游客问津之处，做了几年导游的小姐，对其历史也不甚了然。好在她原是同里中学的毕业生，天放楼就坐落在校园北头。直到看见这座白色二层小楼门口的牌示，我才知道，原以为是故居的建筑，实系诸弟子为纪念乃师于1947年而造，金氏生前本未尝享用。

遥想二十世纪初年，思潮激荡，风云际会。以"爱自由者金一"之名与世人相见的松岑先生，其时正是弄潮好手。1903年问世的《女界钟》，因鼓吹女权革命，为金一带来了"中国女界之卢骚"（林宗素《〈女界钟〉叙》）的美誉；翌年续刊论述虚无党历史的《自由血》，激昂地呼唤暴力革命，言论之大胆明快，至今读来，仍气息逼人。

同里中学的前身乃是金一创办的同川学堂与同里自治学社。单是列举几位曾在该校就读的学生名字，柳亚子、王绍鏊、潘光旦、费孝通……校史已极见辉煌。据说，金氏身后的藏书连同稿本,即是经由潘、费二人,转让与清华大学(杨友仁《吴江金松岑先生学行纪略》)。今日校门两侧墙上的校训亦为费孝通先生题写,原是其来有自。

同川学堂创办于1902年,系由原先的同川书院改建而成。那年,蔡元培等人发起的"中国教育会"在上海成立,金一随即入会。他在当地本是少年绅士,敢作敢当,转过年来,一块"中国教育会同里支部"的牌子便挂到了学堂门口。学校也如同上海的爱国学社,成为革命派人士的聚

1905年同里自治学社同学合影(前坐右一为柳亚子)

集地。在兼有革命据点性质的爱国学社、浔溪公学（在浙江吴兴南浔镇）等校相继解散后，同川学堂的重要性愈发凸显出来。因"苏报案"正囚禁于上海租界西牢中的章太炎，1903年写信给柳亚子，才会对此校推崇有加，寄予厚望：

"同川"之存，千钧系发，复得诸弟与松岑、去病、蛰龙诸君尽力护持，一成一旅，芽蘖在兹。

信中提到的金一、陈去病之外的第三者，本名薛凤昌，亦为该校教员，三人自然也都是中国教育会同里支部的成员。

1904、1905两年在同里自治学社读书的柳亚子，四十年后回想当初学校的情形，记忆犹新：

"自治学社"原由"同川小学"改组的，所以也分为二部分，实际上就是高级班与低级班。高级班就是我所入的一班，是"自治学社"的本部，学生称社员，师生一律平等，对教员不称老师，而直呼其号，这是继承着"爱国学社"的作风而来的。低级班就是原来的"同川小学"，却仍保存小学的规矩，学生犯规有罚

站,有记过,这是不属于自治范围之内的。(《五十七年》)

在这所废除了传统的"师道尊严"、以独立平等为精神内核的自治学社里,学生的权利当然受到了极大的尊重。后来柳亚子与金一闹翻,脱离学社,另组"自治学会",便是因为金一专断地使用了社长的批假权,又不经学生同意,擅自撤销了柳氏的监察员职务。此事可以为该校学生的自治意识提供生动的注脚。

而若论及办学,金一当年的确十分投入。国文、历史、地理、音乐这四门课,都是由他本人执教。他也经常自己谱曲填词,编辑印行的学校歌本就有《军魂集》《娘子军》、《国民唱歌》两集与《新中国唱歌集》二编。据亲承其教的柳亚子描述:

> 天放为人非常倔强,他是极深度的近视眼,但不肯戴眼镜。上起音乐课来,自己弹风琴,我们笑他常常和黑白键子接吻呢。(《五十七年》)

这一幅逸笔草草的漫画,却极为传神,令人过目难忘。

金一对同里近代教育的贡献又不止于此。与现在当地流传的说法相反，同里的第一所女子学校其实并非丽则女学，而是金一于1904年创建的明华女学校。丽则起初设定的教育程度为高等小学与师范，本是以明华的存在为基础的。

1904年2月发行的《女子世界》第二期，已刊出了《明华女学章程》，可以肯定，其撰写者即是金一。《章程》第一条明白规定："本学收八岁以上、十五岁以下之女子

同里明华女学校学生1905年合影

三十人,援[授]以普通学科,三年卒业。"其课程分为国文、修身、初级历史、初级地理、初级物理、初级算学、小说、唱歌、体操九门。课时的分配,周一至周六,每天均有国文(讲字义文法)、算学课,各一小时;修身、唱歌与体操课,各半小时;历史与地理,则是隔日一小时;物理与小说,隔日半小时。其中最特别的是小说课,算是将康有为、梁启超戊戌以前提倡的以说部书为幼学教科书的设想落到了实处。学校教员初订四人,其中担任监督即校长者,应为女性。具体施行起来,则是薛凤昌教授国文,史地、博物均归金一总揽(《女学消息》,《女子世界》第十五期)。教员皆尽义务,不取酬。

关于其时正大张旗鼓宣传的放足,与其他女校一样,《明华女学章程》也表态支持:"缠足恶习,伤害天理,稍具文明思想者,皆知其谬。"不过,考虑到女子缠足相沿已久以及生源短缺的现实,该校对此"并不悬为厉禁",而是寄望于"仁人君子"自觉地肃清流毒。

同里的明华女学校就设在章家浜金一的家里,距自治学社很近。不过,因为担心乡间风气闭塞,为艰难诞生的学堂增加更多压力,故金氏不愿两校学生交往。但女学生思想、知识的猛进，从上引张驾美的作文中已可见一斑。

该校起码到1909年还存在，当年商务印书馆出版的《教育杂志》第十一期上，刊出过"同里明华女校美术专修科毕业撮影"，背景很像是在任氏退思园。而因为入学者的程度、年龄不同，即使创办之初，实际也分成高、低班。现在可以考知姓名的高级班学生，驾美之外，尚有张通典的两个女儿宏楚与振亚，也均有文章发表在《女子世界》的"女学文丛"栏，分题作《燕子矶望江记》与《祝自由女神文》。又有一位孙济扶，别号潜诸，照柳亚子说来，当年也是位性情如火的女志士。她"立志要做刺客，学了一手好烹调，尤善治鱼脍，说要学专诸，所以取名叫潜诸，大概说是潜伏着的专诸吧"（《五十七年》）。若如此，则"潜"字当写作"潜"了。

孙济扶有一文，以"潜诸"之名刊登在《女子世界》第十期上，题目是《读〈世界十女杰〉》，颇能显现这位未及一展长技的女刺客当日的慷慨情怀。作者先是赞叹各国女杰"竞自由、爱同胞、牺牲一身以救全国之目的，百折不回，百劫不灰"的"素志"，继而见贤思齐，激发起万丈雄心：

> 夫同为世界之一人物，同生天地之间，泰西女杰之芳躅，英雄去人，若是未远。而我炎黄裔胄，二百兆同胞姊妹，则猬缩一邱，无能一现头角，如长离宛虹之照耀于世界，斯亦可愧之甚矣！往辙已矣，来轸方遒。今兴女学有人，倡女权有人。而异族政府，专制日益重；瓜分灭种，惨祸日益急。我姊妹所处之境，视彼女杰，同病相怜。夫盍不振袂而起，以步诸女杰之后尘，逐群胡，雪国耻，为我汉族竞胜于二十世纪之大舞台？斯亦匹夫匹妇之责也。

显然，与自治学社同样，明华女学校也是培植革命思想的基地。而诸人于名号中流露的高迈意识，一扫女性以香花、贞淑命名的柔弱风习，正是晚清时代精神的缩影。

当时热衷编写歌曲的金一，曾创作过一首《女学生入学歌》，为明华女学留下了音乐史上的纪念。由金一署名的歌词最初刊登在《女子世界》第一期，到第十期重发时，又配了曲谱，那应该也是金氏的手笔。我们不妨将词曲全行抄录，体味一下刚刚传入中国的西方简谱作曲法与近代女子教育思想的新潮结合，想见二十世纪初女学生们意气

风发的风貌:

女学生入学歌

G调 4/4

1 1 3·5 | 6 6 5 - | 3 3 1 2 | 3 - ·0 |

(1) 二十世纪　女学生　美哉新国　民
(2) 脂盒粉盏　次第抛　伏案抽丹　毫
(3) 缇萦木兰　真可儿　班昭我所　师
(4) 天仪地球　万国图　一日三摩　挲
(5) 紫裙窄地　芳草香　戏入运动　场
(6) 鱼更三跃　灯花红　退习勤课　功

5 5 6 6 | 5 3 5 - | 2 2 3 2 | 1 - ·0 |

(1) 校旗妩媚　东风轻　喜见开学　辰
(2) 修身伦理　从师教　吟味开心　苗
(3) 罗兰若安　梦见之　批茶相与　期
(4) 理化更兼　博物科　唱歌音韵　和
(5) 秋千架设　球网张　皓腕次第　攘
(6) 明朝休沐　归家同　姊妹相随　踪

同里:曾经有过的荣光

$\dot{6}$ 5 1 6 | 5 3 6 - | $\underline{1}$ 2 3 3 $\cdot$ $\underline{2}$ | 1 - $\cdot$ 0 ‖

（1）展师联队　整衣巾　入学去重　行　行

（2）爱国救世　宗旨高　入学好女　同　胞

（3）东西女杰　并驾驰　愿巾帼凌　须　眉

（4）女儿花发　文明多　新世界女　中　华

（5）斯巴达魂　今来飨　活泼地女　学　堂

（6）励志愿作　女英雄　不入学可　怜　虫

从同里中学出来，我不免以世俗之见，援昔况今，推想该校现在必为省级重点中学，既然她有那么光荣、长久的历史。岂料导游的回答是大不然，当地的学生如今向往的好学校，首选是在苏州，次一点的也在盛泽，同里中学已沦落为"第三世界"。顿时，辛弃疾的"风流总被、雨打风吹去"浮上心头，心情不禁黯然。

绿玉青瑶馆里的后人

当晚投宿于小镇外围的同里湖大酒店。第二天一早，惦记着尚未拜访的陈去病故居与丽则女学校，于是临时改变了昨日朋友们的建议，放弃游湖，再入同里镇。

手持地图，确定了大体方位，居然未经询问，我和平原君即找到了位于三元街上的陈去病故居。不清楚确切的街巷门牌，我们摸进的院子原来是陈家间壁的邻舍。一位出来门口倒水的长者领我们穿过拥挤的小院，从后面进入了陈家。面前的屋宇一片残破景象，使人生疑。有位老年妇女从一间狭小、破败的小屋走出，我们再次向她询问，却得到了证实。

老人操着不大容易听懂的方言，开始热心地为我们介绍各间房屋的情况。故居为两进院落，居中的两层小楼担

整修过的陈去病故居大门（院内迎面为"百尺楼"）

任了分割的功能,这就是著名的"百尺楼",是为陈去病的藏书与写作处。民国年间陈氏刊刻的书籍,多署"百尺楼丛书",出典在此。此楼已属于濒危建筑,无法更上一层。小楼的入口在背面,那里是后院。此时才看清,底层东面的一小间,就是我们身旁的老人栖身之处。因为旁边留出了连接前后院的通道,这间屋子更嫌窄小,里面的光线也很昏暗。

后院的建筑主要是浩歌堂。整排房子坐东朝西,门窗俱为本色,未经髹饰。且墙皮剥落,玻璃残缺,看来已许久无人居住。这就是我们最先看到的故居部分,与昨日游观的王绍鏊故居(现辟为"同里历史文物陈列室")、崇本堂、嘉荫堂的整饬一新,直有天壤之别。虽然从建筑艺术的价值说,陈宅远不能与上述豪门相比,不过是清代普通民居而已;但若论及人文价值,陈去病为革命先驱,故居理应受到保护,而不该任其残败。我窃为去病先生抱不平。

浩歌堂原为陈去病的会客室,后由其小儿子居住。我之熟悉此堂名,却是缘于陈去病唯一传留世上的诗集《浩歌堂诗钞》。该书1925年刊行,亦列入"百尺楼丛书"。北京大学图书馆的两册藏书,不约而同,封页上均有去病先

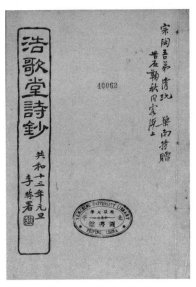

北京大学图书馆藏《浩歌堂诗钞》封面

生的题赠签署,字体秀拔,与我对其人的想象颇有出入。

集中之诗,倒确乎洋溢着浩然之气。南社社友侯鸿鉴为之作序,提及"二十三年前同游日本时"情形,便相当豪迈:

当同舟渡太平洋,乘长风破万里浪,慷慨悲歌,不可一世。执卷咿唔,吟写海景。舟行五日,得诗成帙。迄今闭目思之,其事犹在目前。

同里:曾经有过的荣光

即使未曾身临其境的我辈后学，阅读陈去病1903年所作《将游东瀛赋以自策》诗，亦不能不为个中喷薄而出的干云豪气所摇撼：

> 长此樊笼亦可怜，誓将努力上青天。
> 梦魂蚤落扶桑国，徒侣争从侠少年。
> 宁惜毛锥判一掷，好携剑佩历三边。
> （拟从朝鲜趋东三省，以探察露西亚近状。）
> 由来弧矢男儿事，莫负灵鼍去着鞭。

这一位弯弓仗剑、独行边关的侠少年，在拒俄运动爆发、俄国吞占中国东北的野心完全暴露之际出国留学，其以明治维新后日见强盛的日本为救国榜样，希冀亲身探察俄国实况、急谋抵制之策的诸般心事，尽在诗中吐露无遗。而时危节现、舍我其谁的担当精神，正是晚清对"侠"字的特别释义。

从浩歌堂再转回前院，我们又向老人询问百尺楼西侧平房的用途。她称之为"家庙"，显然，里面已空无长物。家庙对面，就是题额为"绿玉青瑶之馆"的别院。不知是否因为口音差池的缘故,导游书上写作"又名明善堂"的建筑,我们却听成了"民权堂"。此处原是陈去病的卧室兼书房,老人补充的说法是,这里是陈氏大儿子的住处。

踏进额端题书馆名的一道月亮门,一座底面五开间、坐北朝南的红色二层小楼便赫然出现眼前。不过,被四周白色高墙包围的院落显得面积很小,加以一多半的地方堆积着半人高的砖石,剩下的空间便挤成了一条窄窄的过道。横七竖八的石料最上方,就是昨日在"同里历史文物陈列室"看过照片的"二陈先生之墓"实物,那是孙中山先生1916年为陈去病的父亲与叔叔墓前的牌坊题写的碑额。它也没有逃过"文革"的劫难,碑身已断成三、四截。现在放置此间,算是被保护起来。

根据涂漆的迹象,我们推测绿玉青瑶馆应该已经过修缮。不料,步入室内,令人惊讶的是,与四周墙壁的粉饰一新适成对照,油漆过的地板上却留下多处裂缝与破洞。老人也证实了我们的猜想。只是更让我们感觉意外的,破损竟然是"维修"的结果。原先厚重结实的地板,在重修时被朽烂木料替代,难怪故居尚未开放,地上已露出破相。我于是又为故居其他房屋的未及整修而暗自庆幸。

至此，我们才贸然动问身边这位如数家珍的老人，她和陈家有何关系。回答真让我们喜出望外，原来她就是去病先生的小女儿，名叫陈宁利。父亲去世之年，她只有五岁。我见到西侧家庙的柱子上贴有一张水电收费表，名字写作"陈银利"，担心听音不准，再次向老人核实。她仍肯定地说是"宁利"，因为她出生在南京。

机不可失，更多的问题自然及时提出。我知道，陈去病先生生前致力于搜集乡邦文献，并有大规模的出版计划。挚友柳亚子于其逝后，曾"拟募款万金，尽印行其所撰著《百尺楼丛书》五十余种"，但因"造端弘大，有志未成"（《陈巢南〈浩歌堂诗续钞〉序》）。这中间便包括尚未全部刊行的《松陵文集》《吴江诗录》各三编以及《笠泽词征》二编。而去病先生当初以家贫、病足之身，汇集群书实非易易，柳氏《〈松陵文集〉叙》之描状尝发其内情：

> 孤根崛起，家鲜藏书，则假诸友人，每手自钞缮，穷年竟月，屹屹弗休。又赋性善游，不恒厥居，海陆千里以外，辄挟书与俱。所至搜奇访异，自名山所藏，簧序所储，以及荒江老屋，冷摊破肆，偶有弋

获,丛残荟萃,存拾一于千百,未尝不惊喜过望,驰书相告语也。

如此艰辛得来之书,今日藏身何处?据陈宁利说,原先尚有许多书籍存放百尺楼上,"文革"中已尽数散失,片纸无存。

关于去病先生的子女情况,老人只提及有两个姐姐在北京,一已去世。曾听我的师兄、南京师范大学教授张中说起,二十多年前,他在北大读研究生时,作南社研究,拜访过陈氏后人。想来陈宁利之姊应在其中。我所知道姓名的去病先生子女,只有长女绵祥一人。她跟随父亲,加入南社,在《南社社友姓氏录》中有记:"陈绵祥,字亨利,字馨丽,号希虑,江苏吴江人。去病女。"陈去病在会员登录中名列第一,绵祥则编在一千一百号,南社规模之巨,自陈家父女亦得一证明。诸子女中,也属绵祥随伴父亲身边最久。《浩歌堂诗钞》卷四尚存有去病先生1907年写于上海一诗,题作《岁云暮矣,挈女儿亨利赴福州路市楼小饮》。而诗钞各卷后,均署"女儿绵祥校录";陈去病1933年去世后,汇刊其父遗著,也以绵祥最费心力。从"亨利"

之名,又让我悟到,"宁利"或许也是古来所谓"以字行世"一类。

而说到个人家事,面前这位老人不由得大吐苦水。她有二子,因生计艰难,不得不出外打工,也无钱汇寄家中赡养老母,致使老人生活无着。在骄阳似火的夏日,我们看到绿玉青瑶之馆的门洞方桌上,有一不大的西瓜。谈话间,老人几次问我们是否吃瓜,操刀欲切,而在我们回说"不吃"后,又终于停手。

如同一般地方上受冤屈者,老人对我们这些来自京城的访客抱有很大希望,嘱托我们代为反映情况。陈去病故居既已捐赠公家,当地政府总应该保证她能稍微体面的生活。她的要求并不高,基本的生活费和一间有卫生设施的房间,便于愿足矣。我们明知自己能力有限,但不忍心让老人失望,故还是答应尽力设法。其实,我们所能做的事情,不过是写一篇连新闻报导都不如的纸上文章。而去病先生殁后的凄凉景况,早在1934年柳亚子提交给国民党政府的《请褒恤陈去病呈文》中,已言之綦详:

> 遗孤子女共六人,唯长女绵祥供职司法院,略能

缵其遗绪，余均幼弱，身后萧条，未封抔土。某某等尽然伤之，追怀旧谊，不忍缄默，用特联名陈请，伏乞明令褒扬，给予葬费若干，并规定恤金，庶几胤子得以成立，而士林亦有所激劝，不胜惶恐待命之至。

抄录其文，以为今劝。

临走前，我们在桌子上留下二百元，以表示对先烈的一点敬意。稍作推辞后，陈宁利老人即道谢收下。与之形成对照的是，当我提出与老人合影留念时，她却无论如何不答应，理由是："穿着困衣，照相不雅观。"我在绿玉青瑶之馆门前留影时，她也立刻闪避到高墙背后。这一微末的情节倒突然提醒我，老人终究是出身知书达礼人家，行事仍不一般。

踏出陈去病故居院门，沿河而行，至三元桥上再回首眺望，陈家已隐没在一片灰色的民房中，分辨不出。此时，关于陈去病先生的两段经典写照不觉从记忆深处涌出。

1923年，时值陈去病五十大寿，柳亚子为作寿叙，述先生早年行状，堪称壮怀激烈：

先生少负大志，嬉戏习为战阵营垒之事。稍长喜读《阴符》《六韬》，每抵掌谈兵，惊其座人。值胡清末造，靴刀帕首，流浪湖海，冀有所遇以自奋。（《陈巢南先生五十寿叙》）

又，1909年，周岁三十五的陈去病先生自撰《垂虹亭长传》，亦吐气如虹：

垂虹亭长者，吴松陵笠泽间人也。年少好事，任侠慷慨，有策马中原，上嵩高，登泰岱，观日出入，浮于黄河，探源积石之志。或更逾塞，出卢龙，度大漠，寻匈奴龙庭，蹑屫狼居胥山，骦首以问北溟而后快。顾志弗获遂，栖栖吴越间，年未四十，发星星白，且病瘖，废一足焉。乃归隐吴门，居古金昌亭下，要离、梁鸿墓傍，以为与节侠邻，死无憾矣。生平交满天下，俱无少当意，而独与故人子柳弃疾（按：即柳亚子）善。每邮签往还，以论所学，间一晤对，辄昕宵难寐。或歌或哭，人莫测其所耿耿也。尝谓吾生已矣，曾乌足惜？斯文未丧，俾吾得十数智慧儿女，环侍绛帐，左尊罍，右笔札，俟吾偃蹇其间，吟哦酣适，而后更起迭进，互请所学。吾乃欠伸顾盼，诏席使前，徐徐与之上九天，下九渊，横目哆口，盱盱睢睢，务竭幽隐，以适其意而去。而吾且墨沈淋漓，酒痕狼藉，陶陶然玉山颓矣。

读此，先生早年之勠力革命，晚年之讲学金陵，豪侠情怀，如在目前。

抚今思昔，能不感慨万千？

2002年1月6日于京北西三旗

[附录]

明华女学章程

本学收八岁以上、十五岁以下之女子三十人,援[授]以普通学科,三年卒业。

学科分国文、修身、初级历史、初级地理、初级物理、初级算学、小说、唱歌、体操科。

时间 星期	九至十	十至十半	十一至十一半	一至二	二至二半	三至四	四半至五
一	字义文法	修身	物理	历史	唱歌	算学	体操
二	同	同	小说	地理	同	同	同
三	同	同	物理	历史	同	同	同
四	同	同	小说	地理	同	同	同
五	同	同	物理	历史	同	同	同
六	同	同	小说	地理	同	同	同

一、女监督一人,兼教字义文法以外,修身、历史、地理教习一人,物理、小说、唱歌一人,算学、体操一人。皆尽义务,不取修资。

二、学生每节取修金洋一元半,膳者每年十六元,膳宿者二十四元。年假、暑假后,各预缴一半。

三、学生书籍、笔墨,向女监督备价具领。

四、学生父母可以来堂察看教授之法,惟不得干涉课程。

五、学生如不足额,兼收十二岁以下男子,修金、课程一律同前。

六、学生有事请假,须由父兄来函关照。

七、学生旷课至三日以外,教习不任补课,须由父兄自教。

八、学生衣履整洁,亦卫生之一端。一切服食起居,皆由监督指导。恩爱慈祥,有如母女,人师女宗,造端乎是。凡为女子,皆当于此加之意也。

九、缠足恶习,伤害天理,稍具文明思想者,皆知其谬。本学堂并不悬为厉禁,仁人君子通权达变,其勿以此流毒,尤为幸甚。

十一、本学堂暂设吴江章家浜［浜］金宅。

(1904年2月《女子世界》第2期)

澳洲：寻找梁启超文踪

缘　起

2007年8月间，有机会到澳大利亚一游。行前"做功课"，努力上网查找了一番梁启超澳洲之行的资料。与梁氏结缘二十多年，探寻其在世界各地的踪迹，几乎已成为本人出游的题中必有之义。收入《返回现场——晚清人物寻踪》（江西教育出版社2002年版）中的各文，从日本的东京、京都、须磨，到美国的纽约、普利茅斯，无论身在何处，话题多少都与梁启超沾边。

何况，嗜写游记的梁启超，1899年底自日本出行夏威夷，留下了《汗漫录》（后改题《夏威夷游记》）；1903年赴美国、加拿大，也草成《新大陆游记》；即使1911年到台湾不过一月,亦寄回六封游台书牍在自家主编的《国风报》发表。而其1912年归国后,1918年底又有历时一年余的欧洲之行,所撰《欧游心影录》更成为现代文化史上的名著。令人讶异的是,如此爱好游记写作的梁启超,竟然让他长达半年的澳洲之行成为空白。

以"空白"来描述梁启超的澳洲之旅,既是对梁氏本人游记缺席的状写,也是有感于长期以来因史料匮乏造成其传记书写的语焉不详。梁氏著名的《三十自述》,于澳洲行旅只有"居澳半年,由西而东,环洲历一周而还"数语。逐年翔实记载其生平事迹的《梁启超年谱长编》(上海人民出版社1983年版),关于1900年"澳洲之游"一条的文字也简之不能再简:

先生居沪十日,以汉口事败,无可补救,乃往新嘉坡晤南海先生。居若干日,应澳洲保皇会之邀,始于八月自印度楞伽岛乘英国轮船,为澳洲之游。

次年的记述中还特别强调,"先生这次游澳的详细情形,很少材料可以参考",故仅节录了4月17日梁启超在澳洲写给康有为的一信,以见其"此行奔走会事和捐款的情形"。

以梁启超这样一位在近代史上关系重大的人物,而年谱中竟然存有半年的空缺,自然会引起研究者关注。1981年台湾出版的《传记文学》杂志上,即分两期登载了刘渭平撰写的长文《梁启超的澳洲之行》。刘文从当年在悉尼刊行的中文报纸《东华新报》钩稽出大量史料,还原了梁氏此行的细节。笔者1988年完成的《觉世与传世——梁启超的文学道路》(上海人民出版社1991年版)一书,已引用其中抄录的梁氏佚诗,以佐证"诗界革命"中"新意境"的生成。嗣后编辑《〈饮冰室合集〉集外文》(北京大学出版社2005年版)时,刘氏全文引录的梁之《致澳洲总督好顿书》《辞行小启》《致澳洲保皇会诸同志书》各文,以及《广邱菽园诗中八贤歌即效其体》其八、《和吴济川赠行即用其韵》四首各诗,当然也尽数囊括编中。

虽然拜读过刘渭平之文,不过,因未曾亲历澳洲,对其中提及的地名、人情,一概感觉陌生,或竟可说不明究竟。这在《觉世与传世》一书,照抄刘文,谓"吴济川为雪梨保皇会总理",而未将至今仍在台湾沿用的"雪梨"改译为大陆通行的"悉尼",便可见一斑。此回得以亲临现场，心中的如意算盘是，城市街景固然面目全非，但山川地理，总应大致不差。何况，一睹曾经刊载梁启超行踪的《东华新报》，或更进一步在资料上有新发现，也实在期待之中。

网上搜寻的结果，发现位于墨尔本的澳洲华人历史博物馆（通称"澳华博物馆"），曾在2000—2001年间举办过"梁启超澳洲之行与澳洲联邦一百周年纪念展览"。于是记起，当时曾听我的学生余杰说过，他到澳大利亚使馆看过此展，其中有梁启超的护照等文物；并表示，可以向使馆索

墨尔本的澳华历史博物馆

澳洲：寻找梁启超文踪

取一本画册，转赠于我。此事后无下文，我也没有追问，却从此留下了展览印有图册、颇有价值的印象。

这次在墨尔本停留五天，我的时间大抵都可自由支配，故对造访澳华博物馆寄予厚望。行前已请住居该城的朋友陈焱先行打探，希望该馆藏有《东华新报》的缩微胶卷，如此，我便可以多一点阅读的钟点，而不必再向别处寻觅；即使最不济，也想象能够买到一册早年展览的画册，庶几不虚此行。

墨尔本

13日上午到达墨尔本，下午的节目是参观墨尔本博物馆与皇家植物园。第二天则由陈焱的夫君栗杰开车，往返七百多公里，饱览恢弘壮丽的大洋路（Great Ocean Road）海景。接下来的日子，因平原君须参加会议，我独自游览，澳华博物馆自成首选。陈焱移居此地已逾十年，人脉颇广，到达位于唐人街的博物馆时，便领我直接进入办公室，与一相熟的台湾女士接洽。因事前有过联络，那位负责展览事务的澳大利亚女馆员已热心准备了数份网上下载的资料。而我心心念念的展览图册，至此才发现竟然只是本人一厢情愿的凭空虚构。为了让我尽知原展细节，耐心的女馆员不但出示了一册英文本的 *New Gold Mountain: The Chinese in Australia，1901—1921*，最后还搬出厚厚一摞卷宗，从中搜检出当年为准备展览所作的文案，复印给我。这些资料不仅全部免费提供，而且，我的到来显然更增加了原本因为经费紧张、人少事多而忙碌不堪的女馆员的负担。但从始至终，她对我这个毫不相干的陌生人都是笑脸相待，有求必应。

在唐人街吃过午饭，我们又转回参观澳华博物馆的常设展。从地下一层进入，恍似进入时光隧道，眼前顿时黑暗，脚下的地面也摇荡如船行海中。在布置像船舱的空间里，复原了一个半世纪以前到澳洲淘金的中国工人生活的场景与用品。一种婉转幽怨的粤剧唱腔，营造出浓浓的异域乡情。楼上的展览则以图片加实物的方式，展现了墨尔本华人早年的生活状况。访问过该馆的区如柏在新加坡《联合早报》上有过如下评论："澳华博物馆的展览品不算丰富，但是通过场景、图片、文物真实反映华人在澳洲的奋斗历史。一个只有十几万人的社群能够办起一个历史博物馆，是令人钦佩的。"（《墨尔本澳洲华人历史博物馆：凝聚澳洲华人血泪

《东华新报》1901年4月刊登的梁启超澳洲留影

史》)看过展览,心有同感。

澳华博物馆的展品中,自然也少不了梁启超游澳时刊登在 1901 年 4 月 17 日《东华新报》上的肖像照。不过,比起我获赠的资料,那只能说是一笔带过。关于"梁启超澳洲之行"的展览,从英文资料可知,实际是由澳大利亚拉筹伯大学(La Trobe University)、澳华博物馆与华东师范大学共同主办。这个颇具规模的巡展,先后到过上海、广州、北京、台北、香港和新加坡市,回归墨尔本后,又于 2003 年在悉尼重新开张。由于我表示希望查看《东华新报》,澳华博物馆虽未入藏，女馆员却特意为我打印了网上的相关资讯，包括一篇《东华报》的简要介绍，以及节译自刘渭平的中文著作《澳洲华侨史》（香港：星岛出版社1989年版）第七章的关于十九、二十世纪之交澳洲华文报纸概况。前一份资料具体指明了《东华新报》（1902年改名《东华报》）在堪培拉的澳大利亚国家图书馆与悉尼的新南威尔士州立图书馆之米歇尔分馆均有收藏。

墨尔本为维多利亚州首府，当1901年1月1日澳大利亚联邦成立，它也在堪培拉之前一度成为国都。我注意到，其名在澳华博物馆的展览中出现时，有美利滨、墨尔钵等不同旧译。回国后，找到那本当时在馆中匆匆一见的《新金山——澳大利亚华人，1902—1921年》之中文本（上海译文出版社1988年版），发现因周边有金矿，墨尔本当年也被称作"新金山"，以与美国加利福尼亚州的"旧金山"相对应。十九世纪中期始，从中国涌来大批淘金者，其中广东人最多。展览中提到曾经接待过梁启超的冈州会馆与四邑会馆，原先不明其义，尚以为拼音的"冈州"是否为"广州"之误，至此方知晓其为梁所出身之新会县的古称，至于"四邑"者，乃是合新会、台山、开平、恩平四县而言之。据梁氏此行的随行翻译罗昌记述,在墨尔本附近最著名的金矿区孖辣(Ballarat,今译巴拉腊特),便有梁启超的姑丈谭烈成在该地经商。

罗昌所撰《续梁卓如先生澳洲游记》(1900年12月15日《东华新报》),关于梁启超在墨尔本的活动有如下记录:

> (1900年11月)十四日,上午十点钟,先生到域多利省之美利畔埠。阖埠名望绅商五十余人迎于车站,中西人士观者如堵墙焉。遂同乘马车到所寓之大酒楼,置酒为先生寿。……
>
> 十五日往拜各铺户。下午冈州会馆请宴。是晚先生在戒酒会馆演说,张卓雄牧师为主席,听者千二三百人。
>
> 十六日,雪梨埠保皇会总理刘君汝兴、欧阳君万庆来迎先生于美利畔。……是午,谭君英才邀饮于其家,遂偕两君同往焉。下午望〔往〕看水车馆救火机车。是晚同昌号请宴。
>
> 十七日往拜本省署任总督。……下午往看博物院。是晚新宁(按:即台山)、开平二邑请宴。宴毕,遂公举保皇会总理、值理各员。

十八日晚，复在戒酒会馆演说。是日为来复日，附近各小埠纷纷来集，听者几二千人，座无隙地焉。

十九日往看铁路工厂，厂中司理导游厂内各局，备极殷勤。是晚复在戒酒会馆演说，听众之盛如前。

二十日往游动物园及赛会场中之水族园、博物馆等。下午，先生之宗亲梁忠孝堂合族父老请宴。是晚十一点钟，先生往看大报馆之机器房。……

二十一日四邑会馆请宴。其晚，各值理开捐保皇会会份，一席之间立捐七百余镑。

梁氏在去孖辣等地后，又返回墨尔本。不过，仅据罗文，梁在墨尔本八天之内便演讲三次，频率相当高。而其足迹所到之博物馆与皇家动物园，本人此次亦有幸履及。

同时，从获赠的资料也意外得知，除曾在悉尼大学任教的刘渭平之外，邀请平原君到莫纳什大学开会的黄乐嫣（Gloria Davies）教授，也以《梁启超与澳大利亚华人》（"Liang Qichao and the Chinese in Australia"）为题，1981年在墨尔本大学完成了她的学士论文；2001年，她还发表了《梁启超在澳大利亚：没有意义的逗留？》（"Liang Qichao in Australia: A Sojourn of No Significance?"）一篇英文论文。既然这些身在澳洲的优秀学者已经捷足先登,以我在此方停留时间之短,实在不可能捡到遗金。初行时的一点抱负至此也冷了下来,查阅《东华新报》于是成为两可之事。

悉　尼

21日上午11点飞抵悉尼,以前的学生、现在悉尼大学教书的孔书玉来接。行李尚载在车上,人已游过了最知名的景点悉尼歌剧院、海港大桥与达令港（Darling Harbour）。甚至距后者不远的中国城也一并扫荡过来,街口两端各书以"通德履信""四海一家"的牌坊亦未放过,而一一收入镜头。

次日,另一学生辛千波又以大半日的时间,开车带我们在悉尼东部沿海岸线兜风,那些大大小小的港湾多半以停车、拍照、上车的方式一掠而过。其中最惊心动魄的是在沃森湾（Watsons Bay）附近,从老南角路（Old South Head Road）沿小道步行,在嶙峋的海边岩石上眺望对面陡峭的悬崖（The Gap）。此地不仅发生过船难,而且也因纵身一跳便绝少生还的机会,被悉尼人称作"自杀者圣地"。我们的最后一站是经优雅的邦代海滩（Bondi Beach）回城。而所有这些应接不暇的佳景，还需要日后静下心来，细细从照片中反刍、品味。

留在悉尼的最后一日，因平原君下午有讲演，剩余的半天如何安排，孔书玉颇为踌躇。远处的景点时间不够，市中心虽有众多值得一去的地方，但均非歌剧院一般的游客必到。平原君一向将旅游安排视为我的家庭特权，此时更乐得撒手不管。当书玉询问之际，我只好急忙退回房间，翻阅随身携带的"世界旅游图鉴"之《悉尼》册。此次出行，配备了两本"宝典"，一为三联书店去年出版的属于"Lonely Planet 旅行指南系列"的《澳大利亚》，一即上述由吉林美术出版社 2003 年译印的英国多林·金德斯利（Dorling Kindersley）公司的悉尼专册。二书各有所长，即使今日在北京家中撰文，仍然不能或离左右。而当时翻到之页，恰好便是新南威尔士州立图书馆的介绍。冥冥之中，梁启超还是与我有缘，不容错过。于是，我们在书玉的带领下，直奔这所在《悉尼》书中被误译为"国家图书馆"的所在。

作为州立图书馆一个重要部分的米歇尔图书馆始建于 1906 年，至今已有百年历史，在澳大利亚这个相对年轻的国家，确可算是古老建筑。令人意外的是，即使对于我们这样初来乍到、没有记录的游客，办理借阅手续也不需要出示任何证件。经过电脑查寻，原来藏身此处的《东华新报》，现在只提供缩微胶卷阅读。虽然不能亲见原物让我略感失望——前晚在近代史研究专家叶晓青教授家中做客时，才刚听她发表历史研究必须亲历亲见的高论——不过，退而求其次仍然有意义。并且，此次毕竟时间有限，以梁启超在澳洲居留半年计，我在一个多钟头的搜索中无论如何努力，也只能窥其一斑。抱定这一想法反而使我心里轻松，随后的一切便显得十分顺利。

图书馆员帮我安装好胶卷，试用了几分钟，进退已很自如。我要了从1898年6月29日创刊至1901年5月梁启超离开澳洲这三年的胶片，不必说，这对我来说实属过量。除了开头几张草草看过，即使直接跳到1900年10月25日梁在西澳大利亚弗里曼特尔（Fremantle）登陆前后的报页，过目的篇幅也不过一月有余。复制很方便，且费用便宜，一张打印出来只要两角，折合人民币大约1.3元。难怪那边的学者总搞不清楚，中国的公共图书馆为什么要收资料费。

我复印的《东华新报》一共五页。其中两张是罗昌所记截止到 1900 年 11 月 24 日的梁启超澳洲游踪，分见于 11 月 21 日及 12 月 15 日的报纸。前半在 1901 年 1 月的《清议报》六十八册亦有转载。而刘渭平《梁启超的澳洲之行》抄录时，漏记了第二次刊发时间。刘文另抄有庞冠山署名的《梁启超先生坑上游记》，为梁氏 11 月 25 日至次年 1 月 24 日的活动续录。此"坑上"照刘氏解释，乃"旧时澳洲华侨称纽修威省中部各山谷地带"。所谓"纽修威省"，即今通行的意译加音译之"新南威尔士州"。实则梁启超自 1900 年 12 月 6 日抵达悉尼，旅澳半年，多半时间停留此地。在悉尼保皇会的协助下，梁曾巡回新南威尔士州各处演说，组建保皇会，募集捐款。此节情形从"坑上游记"可概见。

复印件中尚有《孝廉游踪》一则报导，刊于 1900 年 12 月 5 日《东华新报》，所述为 11 月 28 日梁启超自金矿区返回墨尔本后，游览皇家植物园（文中称为"皇家花园"）以及当晚参加梅灵牧师家宴各情。后半叙记颇多生动细节，不妨录出：

茶酒既罢，则梅公子二位、小姐三位奏乐歌以为庆。一梅小姐奏洋琴，一梅公子奏中国琴，合口同声为歌一曲,名曰《家庭乐》。唱毕,复奏中国音调二曲,大有响遏行云、珠落玉盘之概。奏毕,同人鼓掌赞善。梁君起而言曰:"自政变以迄于今,皆以国事为念,久不闻鼓乐之音。今到猁利滨埠,已蒙各乡亲踊跃抒诚,爱戴皇上,创成保皇会。今夕又得如此兴闹,弟窃顾而乐之。更望中国早日维新,将有普天同庆,比于今夕之乐,应有万倍焉。"于是笑语一堂,彼此款洽,遂尽欢而罢云。

把家庭的宴享之乐,及时转化为维新动员,身负政治使命的梁启超,果然善于随时随地进入角色,情结之深,每饭不忘。

  而我此次最得意的收获则是复制了《东华新报》的发刊词。晚清以降,留居各国的海外华人编印了大量中文报刊,一向为治近代史者所重视。比起刊物的流通与保存相对容易,报纸散佚严重,国内学者往往难得一见。而悉尼刊行的《东华新报》能在米歇尔图书馆有基本完整的收藏,其价值珍贵自不待言。此报初时本为联络乡谊、提供资讯而办,1900年1月14日悉尼保皇会创立后,又自动成为该

《东华新报》创刊号报头

会的机关报。

所见1898年6月29日的创刊号,在楷书"东华新报"上端,尚有用花体字印出的英文报名"The Tung Wah News"。发刊词《〈东华新报〉小引》夹在首页的广告中间,文不长,且为国内少见,故移抄于下:

尝考报章之设,或因增益智虑,理弥察而弥精;或因扩充见闻,事愈稽而愈审。验风行于外国,征日盛于中邦。乃客从东来,多创于美檀两埠;文刊华报,罕觏于英省五地。金曰:盍取象于鼎新,胜寄鸿于升报!此《东华新报》之设,足慰翘首东瞻,及禅居心华务;非为蚨占大有,实启象益同人。见夫道路传声,狐疑莫释;行情失察,蝇利奚谋?惟得管城子提撕，咸新耳目；与楮国公会意，共解衷肠。虽蓬转一隅，使储卧龙广识；萍依四处，奚啻司马多闻？举凡时事实登，聊效董狐之笔；市廛足录，同怀管鲍之风。即有雀角纷争，公是公非，终知冰消瓦解；狐裘举集，彼捐彼助，分明志众城成。与夫翠鹢乘风，期标玉板；金鹰汇水，价访香江。推之货物消流，端资告白；事情毕露，绝爱垂青。是《东华新报》为此而起见也。从兹商旅东人，咸欣目见之确；梯航华客，不信耳闻之虚。今幸各友志协交孚，玉成美举；愿诸公情殷顾赐，铭感良深。敬颂良朋，鸿猷大展，无惭端木子之才；骏业宏开，自羡陶朱公之术。是为引。

东华新报有限公司谨启

通篇骈四俪六之句，注目点多半落在为经商者牟利打算；属于现代报纸首务的新闻，反而仅以"时事实登，聊效董狐之笔"半联带过。本来，凸显商机乃是早期报纸争取读者、打开销路的通用手法；特出处在于，该报直言缘起，归结为受美国及夏威夷（文中以檀香山代之，此时夏威夷尚未列入美国版图）华文报章盛行的刺激，表明其定位明确，起始便

悉尼的新南威尔士州立图书馆之米歇尔图书馆

自觉纳入华侨报刊谱系。

走出米歇尔图书馆时,我对自己很满意。短时搜访而有如此成绩,我当然应该知足。

北 京

24日回到北京后,又重读了刘渭平《梁启超的澳洲之行》一文,对其引录的梁致康有为信中慨叹,一则曰"美利伴人之热闹,非为中国也,乃为乡谊(皆四邑人)耳",一则言澳洲"各埠皆散处,相距动辄数百英里",花费大而募捐少,"得不偿失",已是深有体会。前者足以解释当时热闹成立的墨尔本保皇会为何在梁走后很快风流云散,后者则以本人在各城市间的飞行以及所历市区的散漫阔大之经验,遥想一个世纪前,仅仅凭借火车、汽车为交通工具的梁启超风尘仆仆四处演说,辛苦募来的少量捐款,的确多半得花费在路上。

到北京大学图书馆网页上检索,居然发现《新金山》出有中译本。此时方知在澳华博物馆初闻大名的作者 C. F. Yong,乃是澳籍华人学者杨进发,此书为其博士论文修订本。当时随手翻看过英文原书,记得开本较大,且附有许多老照片。1988 年出版的中文本则采用当时流行的小三十二开,纸张既差,图像自然一律取缔,印制之简陋一望可知。倘若在进入"读图时代"的今日刊行,想必另是一番模样。此书对十九世纪最初二十年澳洲华人的经济、政治与社会活动考述甚详,旅行归来,阅读也别有兴味。

此外,我也重新查阅了梁启超于日本横滨主编的《清议报》。除前文提及署为"随行书记罗昌载笔"的《梁孝廉卓如先生澳洲游记》前半篇之外,检索所得,标明作于澳洲的梁诗计有《铁血》、《澳亚归舟杂兴》四首、《留别澳洲诸同志六首》、《将去澳洲留别陈寿》二首、长诗《留别郑秋蕃兼谢惠画》以及《澳亚归舟赠小畔四郎》，分刊于1901年6、7月的《清议报》第八十二至八十五册。而与《铁血》及《澳亚归舟杂兴》同时见报的梁氏名作《自厉二首》，依据刊期与末句"海天寥廓立多时"诗意，应该也属归舟所作。另有同年5月9日《清议报》七十八册刊出的《次韵酬星洲寓公见怀二首并示遁广》，因4月19日发行的该刊第七十六册载有邱炜菱（署"星洲寓公"）之《寄怀梁任公》（诗社限支微韵），称梁"迹遍三洲亚美澳"，则以时间推算，梁之和作也应写于澳洲。凡此诸作已均收入《饮冰室合集》。

梁启超澳洲之行，著述方面最重大的成果实为《中国近十年史论·积弱溯源论》。此作1901年4月29日在《清议报》七十七册开始连载时，编者特意添加了"本馆附志"，说明："本馆总撰述梁君近著《中国近十年史论》一书。此其第一章也，顷由澳洲将原稿邮来，亟刊报以供先睹为快。"梁著全书日后未见续撰，故此章后独立成篇，改题《中国积弱溯源论》。而拟议中的全部写作计划，倒是在《东华新报》1901年3月13日登载的《孝廉著书》一则通讯中留

下细目:

> 该书条目分作十六章:第一章"积弱溯源论",第二章"日本战祸记",第三章"列强染指记",第四章"新党萌芽记",第五章"今上百日维新记",第六章"后党篡权记",第七章"伪嗣公愤记",第八章"后党通匪召敌记",第九章"万乘蒙尘记",第十章"东三省沦亡记",第十一章"疆臣误国记",第十二章"列强政略记",第十三章"帝后实录及人物小传",第十四章"琐闻零拾",第十五章"十年来大事表",第十六章"中国起衰策"。此书合计约二十万字。

刘渭平最早揭出此情,由此使我们可以推知,梁于归来后不久,即在《清议报》九十、九十一册上发表《中国史叙论》,并有"欲草一《中国通史》以助爱国思想之发达"的宏愿,其伏脉与起兴实在于此。《中国通史》虽亦如《中国近十年史论》的有头无尾,"未能成十之二"(《三十自述》),但梁氏于1901年底终究撰成了又名"中国四十年来大事记"的《李鸿章》,对澳洲未了之愿多少有所补偿。

布里斯班

尚可补记一笔的是，18日从墨尔本到布里斯班，住在以研究鲁迅与尼采出名的昆士兰大学教授张钊贻家中。落座喝茶之际，提到梁启超，张教授立时捧出一册浅蓝灰色锦缎面、超大开本的线装《南海先生诗集》。因此乃其师、澳大利亚著名华裔学者陈顺妍（Mabel Lee）所赠，原为二十世纪六七十年代在台湾所购，故张教授理所当然认作台湾出版。不过，细勘这部署为"门人新会梁启超手写"的大书，

作者夫妇翻看《南海先生诗集》

就其形制及装订方式而言，倒与我在日本所见的和装书相似。加以康有为1908年的手书自序及一至十三卷目录后，本有"辛亥七月更生写记"之题署，并另书一段五月所作附记："右门人梁任公所写，诗凡四卷，至明夷阁止。事变日繁，必无暇毕写。门人请先以付印，以待续写焉。"本人因此大胆断言，此册实为1911年于日本印制的初版本。张教授闻言大喜。

一百年前梁启超游澳，虽不曾去过昆士兰，但有此一段书缘，我的澳洲之行便处处得与任公先生关合了。

2007年9月1日于京西圆明园花园

［附录］

赠梁任公先生回国七绝四首

吴济川

作客天涯幸识荆,慰心奚异到蓬瀛。
丰仪亲炙光阴少,忽赋骊歌感远行。

公推人杰志峥嵘,冒险当年出帝京。
价换头颅金十万,民权演说发文明。

才德崇高缵圣贤,匡时责任一身肩。
五洲硕士无多让,特达聪明纵自天。

政尚维新夙有声,君民筹救义光明。
狂澜力挽中原局,砥柱应留万载名。

和吴济川赠行即用其韵

梁启超

怅望铜驼卧棘荆,一槎如寄泛寰瀛。
论交肝胆逢吴季,万里应无负此行。

年来志气尚峥嵘,欲挈民权朝玉京。
君看欧罗今世史,几回铁血买文明。

合群救国仗群贤,四亿同胞共一肩。
为有横磨十万剑,终教人力可回天。

一曲骊歌带别声,归欤时节近清明。
胸中落落无穷事,爱国原来不为名。

(1901年5月11日《东华新报》)

留别澳洲诸同志六首

梁启超

扰扰阴阳战，苍生苦未苏。

民权初发轫，王会已成图。

狐兔中原恶，干戈旧岁徂。

回天犹有待，责任在吾徒。

田横栖海岛，敬仲隐阛廛。

夙有澄清志，咸明自主权。

负风能万里，零雨已三年。

几度闻鸡舞，摩挲祖逖鞭。

危矣前年事，尧台一发悬。

攀髯回浩劫，沥血赖群贤。

岂谓黄巾祸，更移白帝权？

天津桥畔路，肠断听啼鹃。

历历汉阳树，轰轰楚客魂。
剖心侪六烈，流血为黎元。
既痛桐宫祸，逾怜精卫冤。
凄凉后死者，何处诉天阍？

颇闻天下事，无易亦无难。
常溜能穿石，危崖独挽澜。
文明原有价，责任岂容宽？
欲话兴亡事，高楼夜色寒。

我来亦半岁，惜别犹匆匆。
骊唱公无渡，鸿飞吾欲东。
有盟齐海石，无泪到英雄。
何物相持赠，民权演大同。

（1901 年 6 月《清议报》第 83 册）

箱根：跟着梁启超，夜宿环翠楼

前往环翠楼

2018年11月2日，应东京大学铃木将久教授的邀请，我和陈平原又一次来到日本。此行主要目的是参加铃木主持的项目"1980年代中国的校园文化"报告会。不过，说实话，私心更期待的乃是会后的箱根游。这不是我第一次去箱根，早在1999—2001年我在东大任教期间，已去游览过。当时是从东京乘火车一日往返，在山上又没有私家车代步，可想而知只能是走马观花，以致这次被问起去过哪些景点，竟完全说不上来。

而我之期盼箱根游，倒不全是贪恋那里的秋色。固然主人好意，特别安排在枫叶红了的时节邀请我们，但在地接待的日本大学山口守教授显然更了解我们的心思。他在那里有别墅，对箱根各处的情况十分熟悉，多年前即带平原参观过留有孙中山墨迹的三河屋旅馆。所以，出发前一个月，山口提出两个住宿地点供我们选择，其中之一就是环翠楼。尽管介绍这是家日本传统式旅馆，坐、睡都在榻榻米上，房间不大，里面有厕所但没有独立浴槽，要洗大众浴池，然而最关键的是，山口教授提到"听说梁启超曾住过此家"。我于是立即回信："虽然洗浴不便，但还是想跟着梁启超，住一夜环翠楼。"

其实，我对于环翠楼，早在1992年初次赴日时已心向往之。归来后，在《读书》1993年第四期发表《追寻历史的踪迹（关西篇）》，开头的部分便述及，坐上新干线高铁，从东京去往京都方向的路上，我已经在欣赏窗外富士山风光时，联想到山前靠近铁路线的箱根风景之美，以及康有为与梁启超对那里的环翠楼情有独钟等情节。虽然山口教授已提醒我们，今日的环翠楼并非梁启超当年居住的原貌，"后来大正时期改建了很多"，但无论如何，得偿夙愿总令人兴奋。

既然山口教授先有应允："你们此次如有特别要求，就尽管告知我好了。我尽量会安排的。"因此,在接下来的通信中,我提到了梁启超的手迹,山口补充了孙中山的字,准备和我们一起去箱根的原一桥大学教授坂元弘子又添加了康有为的作品,而一并由山口向旅舍主人提出拜观请求。往复通信中,最后得到的消息是:环翠楼方面称尚未发现康有为的文字,但会继续查找;山口也认为,这要看我们的运气如何了。

终于到了11月5日。清早八点半动身,我们先乘地铁去新宿,与坂元教授会合。再由她带领,一起坐特快到小田急站下车,山口开车来接。已近中午,他直接带我们去了一家1893年(明治二十六年)创立、颇有历史的料理店,品尝著名的海鲜天妇罗。由于建筑采用了日本所谓"唐破风"的样式,即主屋前有一个突出的拱顶抱厦,这家餐馆也被确定为日本国家级的"有形文化财"。而我们的明治历史寻踪之旅即由此发端。

接下来的行程是从汤本进入箱根景区。和一般的游客相同,我们到大涌谷远望白烟升腾的火山口,吃了传说是用火山灰烤熟、一颗可以延长寿命七年的黑蛋,也在斑斓的秋景中,发现了几株红叶树从而拼命拍照。四点刚过,我们就来到了环翠楼。早来既是因为心里惦记，也是遵店家之嘱。他希望我们尽早入住，以免那些摆放在宴会厅的墨宝，在客人用膳时不便观看。

放下行装，服务员立刻开始导览与介绍各处的设施，其中单是温泉就分为三种。我们选择了露天风吕，须穿着浴衣在山间小路盘旋上下。浴罢归来，我和坂元竟然找不到回房的入口，一直走到了大路边。

晚饭前，我们还有足够的时间在三个大厅与走廊各处游观。环翠楼一如它的介绍手册封面所题写——"歷史生

环翠楼夜景

きづく宿"，确实让你感觉是住在了"传承历史的旅馆"中。这里就像一座小型博物馆，只是，所有的文物都是构成这个空间的一部分，甚至你的眠食就与它们在一处。各处摆放的古旧物件，从老式电话、油纸伞到两屉柜、屏风，均关乎环翠楼的历史。不过，我们最关注的还是字画，尤其是与近代中国相关的书法作品。

晚餐就安排在我们位于三楼的"月影"客房，享用的是名为"霜月"的怀石料理，显然有意配合目下的深秋季节。虽然每样精致优雅的菜品看起来分量很小，但三四十点下肚后，老饕亦会餍足。山口评价说，他最喜欢的其实是最后用箱根泉水做的白米饭。我们还达不到他的雅人深致境界，只觉得每道菜的视觉与味觉效果都可圈可点。

客房门外有一道回廊，走到尽头，可以俯视箱根著名的早川。不过，洗浴归来，已是暮色四合，听得到溪水漱石，却看不清周边景致了。店家先已提醒我们，流水声或会妨碍睡眠，嘱我们关好拉门。山口与坂元走后，我们又在回廊上喝了一会茶，很快便有了倦意。就寝于榻榻米上，想象着一个世纪前梁启超在此枕流而卧的情境，一夜好睡。

爱赏美景的中日政治家

应该说,"跟着梁启超,住一夜环翠楼",住宿还在其次,探访近代中日政治人物在此留下的遗踪,才是我们的真正目的。

进入旅舍大厅,最先看到的是长茨(号三洲,1833—1895)与伊藤博文(1841—1909)分别题写的"环翠楼"店名。同曾任日本首相的伊藤相比,长三洲在中国的知名度显然低得多。不过,我留意过黄遵宪任驻日参赞期间(1877—1882)与日本友人的交往,读过他1878年为长三洲书写的《中学习字本》所作序,因知其人为明治年间著名的书法家。

至于环翠楼之得名,本出自伊藤博文1890年(明治二十三年)在此间书写的一首诗:

胜骊山下翠云隈,环翠楼头翠色开。
来倚翠栏且呼酒,翠峦影落掌中杯。

"胜骊山"并非喻指箱根风光胜过中国的骊山,而实为环翠楼所在地塔之泽的别称,喜爱此地风光的伊藤竟然在这首

伊藤博文书写的"环翠楼"

绝句诗中五用"翠"字,足见四围景色的苍翠欲滴令其印象多么深刻。此诗吟成,初称"元汤铃木"的温泉旅馆自此改名,"环翠楼"也以其风雅清幽的格调,吸引了众多明治时期的名人墨客络绎前来,流连忘返。只是,今日所见的伊藤题诗,乃是"壬寅(1902年)七月环翠楼上戏赋似楼主人",已非十二年前的原物了。

由于伊藤博文在小田急建有别墅"沧浪阁",以此多次光顾过环翠楼。现今这里留存的其人笔迹也就不只一幅,我们当夜留宿的客房中便另有一首诗作。说到伊藤与中国的关系，自是一个大题目。具体到个人交往，起码戊戌政变后，黄遵宪得以从上海的软禁中释放还乡，梁启超能够登上大岛舰逃亡日本，背后都有当时正在中国访问的伊藤博文的助力。而黄遵宪1892年写作《续怀人诗》，第一首所咏正是此人；梁启超在大岛舰上致信伊藤与驻华公使林权助，也首先表示："承君侯（按：伊藤博文其时受封伯爵）与诸公不弃，挈而出之于虎狼之口，其为感激，岂有涯耶？"（1898年9月27日，《梁启超全集》第十九集，中国人民大学出版社2018年版）

有趣的是，在环翠楼这个传承历史的空间里，伊藤不仅和他救助过的梁启超纸上重逢，也能够与他的老对手李鸿章和平共处了。在相邻的两面墙上，各有一方摹写了文字的木匾，一侧是前述伊藤的"环翠楼"诗作，一侧则为李鸿章书写的一段文字：

> 雪霁清境，发于梦想。此间但有荒山大江，修竹古木。每饮村酒，醉（后）曳杖放脚，不知远近，旷然天真，与武林旧游等也。年来薄有诗文几卷，收纳罂中。

这段话看起来没头没尾，似为节录。而凭借今日方便的电子检索，不难查出，其实为苏轼的两段文字拼合而成。开头至"与武林旧游等也"，大体出自苏轼的《与言上人》，不过，"雪霁"原作"雪斋"，"与武林旧游"之后，原文为"未易议优劣也"。最后两句见于董其昌书苏轼《醉翁操》，未完，原作尚有"幸不散佚"等句。传世书帖中已有将两段合一者，如《巴慰祖摹古帖》，虽然文字最接近，前后两段次序却正相反。这也可说明，李鸿章此作不过是将平日习字熟语顺手写来。

更有趣的是，我竟然还在网上搜到了李鸿章这幅书作的原本。出现在上海明轩2015秋季拍卖会上的这件作品，于署名"少荃李鸿章"之上，比摹本尚多出"渐卿大兄正"的上款。受主乃是多次来华、广交晚清名流的日本汉学家兼外交官竹添光鸿（1842—1917）。竹添字渐卿，号井井，故此件拍品的题签记为"李中堂真迹对幅　井井居士珍藏"。虽然竹添也是环翠楼的常客，但李鸿章此作的题赠对象与持有者显非店主铃木。由此也提醒我，楼中此类摹书的文字未必都出自店家所有，其中不乏以相关诗文烘托历史氛围的用意。当然也无可否认，遭遇1923年的关东大地震，

李鸿章书赠竹添光鸿的拍品

环翠楼的珍本确多有损失。

　　幸好，孙中山以及康有为、梁启超的墨迹均逃过了这场劫难。康梁之作留待下文细说，应"环翠楼主人属"的题词"山清水秀"，倒正可与孙氏在三河屋旅馆留下的"山水清幽"并观，体现了这位中华民国之父对箱根山水的喜爱。在日本，最常看到的是中山先生题写的"博爱"，而为

孙中山题词

环翠楼与三河屋所题均关乎山水之美,可见箱根的景色绝佳,亦令革命伟人动心。至于这两幅字写于何时,现有的手迹没有留下线索,旅店的介绍材料也未提及。查李吉奎《孙中山与头山满交往述略》一文,可知1918年6月12日,孙中山"在塔之泽环翠楼住了一宿,次日,转赴小涌谷的三河屋旅馆",直到19日离开箱根(中国社会科学院近代史研究所编《纪念孙中山诞辰140周年国际学术研讨会论文集(下卷)》,社会科学文献出版社2009年版)。那么,环翠楼这张题词的写作时间也可以确定了。

康有为在环翠楼

环翠楼主人毕竟没有让我们失望,一进大厅,熟悉的康体立刻吸引了我们的目光。两轴康有为手书的诗作并列悬挂,让我们意外惊喜。尽管猜想此处可能藏有康氏手迹,但之前既未见有人提起,更不必说目睹。显然,山口教授以我等为康梁研究专家的说辞打动了店主,这才翻出家底,"冒险"将此秘不示人的珍藏公开。

说是"冒险",并不夸张,卷轴张挂于何处便很让他们费了心思。楼主人特意安排来接待我们的中文导游即告知,为满足我们的请求,而又能够保证康有为书迹的安全,他们决定将其安置在柜台对面的休息区。这样,接待处总有人值班,宝物自然也就时刻在其视线中。我们当然对主人的慷慨出示和周到安排深表感谢。

而康有为这两张手迹也确实值得主人如此珍视,所书两首诗作均写于康氏初到日本流亡的1898年12月,且都是留赠铃木善左卫门的切景之作。题款为"戊戌十月宿环翠楼,夜坐听泉,电灯照月,有感写留铃木君"的一首,全诗如下:

电灯的的照楼台,夜屟游廊几百回。
明明如月光难掇,渺渺微尘劫未灰。

风叶一秋疑积雨,瀑泉竟夕隐惊雷。

晓珠斗大盈怀抱,数遍银屏过去来。

诗中所咏恰是一百二十年后我们亲临之境:电灯还是那么明亮,游廊仍可漫步,月光同样朗照,甚至秋叶、流泉都一样不少。唯一不同的是,康有为历经劫难而雄心不减,"隐惊雷"既是比拟水石相激之声,又蕴含了改革力量的积蓄与爆发。因此,不似我们的沉沉入睡,满怀心事的康有

康有为1898年写给楼主人的两首诗

箱根:跟着梁启超,夜宿环翠楼　　207

为竟是听了一夜风叶、瀑泉的交响,在几百回的往复踱步中,迎来了日光初射。此诗在康有为的定稿中,恰题为《环翠楼浴后不寐,夜步回廊》,只是最后一句有两字改动,作"倚遍银屏数去来"。

1902年10月,弟子梁启超与狄葆贤(号平子)、汤叡(字觉顿)等同游箱根,尚见环翠楼"壁间悬先生手书一轴,即宿此旅馆时所为诗也"。诸人"摩挲环读,不胜今昔之感"。然其于《饮冰室诗话》所录末句与原件出入(见《新民丛报》十九号,1902年10月),却合于定本,可见另有出处。

虽然没有明说,但其时梁启超在环翠楼所见康有为诗稿应当尚有一件,是即我们同时得观的一篇五古,款题为"戊戌十月,长素父作客塔之泽"。因引录上述七律后,《饮冰室诗话》下一则的主体正是此作,梁氏并称:"南海先生游箱根一旬,得诗甚多,《戊戌国变纪事》四首,即成于彼时也。"而"余最爱诵"者实为此篇:

天地大逆旅,家国长传舍。
斯人吾同室,疾苦谁怜借?
万方凝秋气,闭户谁能谢?

既入帝网中，重重缨络絓。

荆榛蔽大道，涧谷起寸蟆。

解脱非不能，垢衣吾敢卸？

化身曾八千，恻恻（怛）又税驾。

仲尼本旅人，瞿昙乃乞者。

我生亦何之，历劫更多暇。

信宿席不暖，去住心无挂。

灰飞沧海处（变），仍（时）放光明夜。

这篇嗣后正式名篇为《登箱根顶浴芦之汤》的古诗，录入《饮冰室诗话》时，仍有个别字的改易（见括号内）。

由于采用了诗话体例，可以点到即止，梁启超并未说明其"最爱诵"的原因。而通览全诗，一种悲悯众生、奋斗不息的博大情怀确令人感动。遭遇戊戌政变，顽固势力残酷处死了包括胞弟康广仁在内的维新派"六君子"，扼杀了变法大业，康有为本人也被迫流亡国外。在万方肃杀、荆棘蔽地的绝境中，诗人本来也可以自我解脱、自求成佛，但不忍之心最终还是让他选择了如孔子一般席不暇暖、佛陀（瞿昙）一般心无挂碍地行道救世。不仅坦然面对劫难，而且自信能够在沧海巨变之际，为世间带来大光明，康有为的精神强大果然不同寻常。而对于同样亡命天涯的梁启超，读此诗无疑心有戚戚焉，会受到有力鼓舞。

如果检索康有为的《明夷阁诗集》，可知此次箱根行，其所成诗篇至少有如下六题，即《同柏原文太郎、梁任甫、罗孝高游箱根，宿塔之泽环翠楼，浴温泉》、《登箱根顶浴芦之汤》二首、《芦湖楼正望富士山》《自宫之下温泉冒雨下山，至塔之泽，仍宿环翠楼》《环翠楼浴后不寐，夜步回廊》与《三宿塔之泽温泉环翠楼》，这还不包括同行的梁启超指认作于箱根的《戊戌八月国变记事》四首。据此，康有为在环翠楼最少落宿三回。这座旅舍也因此不断在其笔下出现：始则是"我来已孟冬，夜就塔泽宿。温泉疗百疾，我心不可浴。电光夜独照，芳流清可掬。秋心不能收，随之听飞瀑"；再则是从山上下来，"俯见环翠楼，明灯照寒滩。夜听呜咽声，梦魂绕长安"；最后则为"高楼绝顶成三宿，却忆华清梦未清"（《万木草堂诗集》，上海人民出版社1996年版）。温泉、电灯、溪流几乎已成为诗中的标配元素，由此构成了康有为记忆中的环翠楼。

此外，从当年日本警察的监视报告中，我们也可以确定康有为此次箱根行的具体日程。1898年12月1日（中历十月十八日）中午十二点，康、梁与柏原文太郎（1869—1936，号东亩）同道从东京的新桥乘火车，当夜"住箱根温泉场"。次日，康去热海，梁赴横滨。5日（十月廿二日），二人与罗普（字孝高）同至箱根汤本住宿。梁启超于7日午后13:30离去，康有为与罗普则直到11日（十月廿八日）下午15:10方登火车回东京（见石云艳译《梁启超在日活动秘录》，《梁启超与日本》，天津人民出版社2005年版）。也就是说，从与柏原同游的初宿，到康、梁、罗的"仍宿"，中间还隔着康有为的热海之旅。

可能是因为悬挂空间的问题吧，我们见到的并非康有为留在环翠楼的全部墨迹。起码，店家提供的相关历史资料中，便另有一幅康有为1911年的题诗图片：

十四年前曾过客，而今三绕地球回。
山林郁郁仍环翠，泉瀑潺潺尚隐雷。
再卧故居真似梦，新添白发共登台。
殷勤地主重谈旧，历劫人天几去来。

此诗定本的标题作《再宿塔之泽环翠楼,故室主人铃木持吾旧诗札,只字不遗,口占即赠》,终不如当时所写的题记更为动情:"光绪戊戌,遘变东游,十月宿箱根环翠楼。辛亥八月再宿环翠楼,十四年矣。楼主人铃木君强健如故,话旧殷勤,出吾旧作旧书相示,如梦寐也。再题诗写付之。"面对楼主人珍藏的旧作,康有为即席赋诗也有意采用了和韵,以与十四年前的思绪相接。而所和原作正是"写留铃木君"的"浴后不寐"。

虽然环翠楼山水依旧,康有为却已是三绕地球,眼界大开。其日后使用过一方著名的纪行图章"维新百日出亡十六年三周大地游遍四洲经三十一国行六十万里",足显其自豪。重访箱根,康有为依次观玉帘泷(在箱根山脚)、上芦之湖望富士山、行旧东海道、过箱根关所,又留下了《游玉帘泷》、《再游箱根山顶芦之湖,望富士山》三首、《纵游箱根诸胜》《望富士岳》诸记游诗。以周游世界的眼光回望箱根,康有为也有了新评价:"风景依稀如瑞士,日东第一好烟鬟。"(《纵游箱根诸胜》,《万木草堂诗集》)

并且,在环翠楼中,康有为已不满足于期待与呼唤风雷。刚刚爆发的辛亥革命(武昌起义发生于当年中历八月十九日),

使中国政局出现了诸多变数，康氏也不禁跃跃欲试。写于此时的《箱根环翠楼送胡子靖监督辞官归国》，即明确表达了"中原犹有望，政党亟为谋"（《万木草堂诗集》）的行动渴望。时任留日学生监督的胡元倓（字子靖）虽决意辞职返国，但其人既信奉"教育救国"，归来也是为了继续主持和扩展由他创办的长沙明德学堂校务。因而，康有为的赠言只是吐露了自家心声而已。

梁启超与环翠楼

若论与环翠楼的关系，梁启超本来比康有为更密切。康氏有记录的住宿不过两次，梁启超既未像其师被迫离开日本十余年，流亡的大半时间也居住在与箱根相距不远的东京与横滨，往来此间自格外便易。

如果从头说起，梁启超初次投宿环翠楼，即为前述与康有为同行的1898年12月1日。需要补充交代的是陪同康梁师徒前往箱根的柏原文太郎。柏原毕业于东京专门学校（即早稻田大学的前身），为该校创办人大隈重信的得意门生，政治上也追随大隈与犬养毅（1855—1932）。康、梁流亡日本，多得其照应。梁启超与之形迹尤密，多次表示："余与东亩为兄弟之交。"(《壮别二十六首》,《汗漫录》[后名《夏威夷游记》],《清议报》三十六册,1900年2月)梁1899年创办东京大同高等学校,自任校长,即以柏原为教务长。最见交情的一事,乃是1899年底梁启超远游美国时发生的护照事件。按照《梁启超年谱长编》(上海人民出版社1983年版)的记述,"出发时为旅行安全计,先生并冒用日友柏原文太郎的姓名和护照"(187页)。实则,其所持护照姓名为"柏原文次郎"。先期在夏威夷登岸后,梁去日本领事馆报到,说明入籍日本后已改用护照上名字。领事馆在调查此事的过程中颇费周折,柏原也被询问到(参见杜卓尔《梁启超以日本护照赴夏威夷事件(提要)》,《琼粤地方文献国际学术研讨会论文集》,海南出版社2002年版)。总之,我原先相信梁启超的说法,其滞留檀香山乃是因为防疫(见《三十自述》),殊不料内中有此一段隐情。而护照假冒的"文次郎"之名,倒把所谓"兄弟之交"坐实了。

不只让梁启超冒用护照,出发前,柏原文太郎还曾为其设宴送行,地点又在环翠楼。梁氏于远航的船上作有《壮别二十六首》,小序即提到:

首涂前五日，柏原东亩饯之于箱根之环翠楼。酒次出缣纸索书，为书"壮哉此别"四字，且系以小诗一首，即此篇第一章是也。舟中十日，了无一事，忽发异兴，累累成数十章。因最录其同体者，题曰《壮别》，得若干首。

作于环翠楼席间的《壮别》第一首已然豪情满怀："丈夫有壮别，不作儿女颜。风尘孤剑在，湖海一身单。天下正多事，年华殊未阑。高楼一挥手，来去我何难？"（《清议报》三十六册）对于梁启超，赴美之行乃其"生平游他洲之始"，是从"学为国人"进而到"学为世界人"（《汗漫录》，《清议报》三十五册，1900年2月），焉能不壮怀激烈？其所乘轮船开航时间为12月20日，则环翠楼的宴请应在15日了。

可想而知，《壮别二十六首》中也包括了论兄弟交的"别柏原东亩一首"。此诗前半直言："我昔灵山会，与君为弟兄。千劫不相遇，一见若为情。"梁氏以为，这种前世注定的兄弟情分已经达到"论交托死生"的境界，但其根基还是建立在共同的政治关切之上（"许国同忧乐"），因此，无论分合，所有的只是"惺惺相惜"（"如何别容易，无语只惺惺"）。

而除去亲友,《壮别》所告别的对象也有其情牵之地三处,环翠楼正在其中:

> 福地不易得,逝水何时休?
> 偷度百忙里,来为竟日游。
> 云霓迟下界,风雨别高楼。
> 芳草虽云好,王孙未敢留。

这首"别环翠楼一首"尚有题记:"楼在箱根塔之泽,风景佳绝,去年曾侍南海先生一游此。"因而诗中所述,"风雨别高楼"固然是应景,忙里偷闲的"竟日游"却也兼及了1898年12月与康有为的同游。

实际上,柏原在场的两次之间,尚有1899年春梁启超与罗普的环翠楼同住读书。选择此地,正是因为"去冬曾侍南海先生同游处于此",留下了好印象。当时的三人行,如今已少了远赴加拿大的师尊。至于二人在此间研究、写出的《和文汉读法》,倒是"无心插柳"。罗普的《任公轶事》记其事:

> 时任公欲读日本书，而患不谙假名，以孝高本深通中国文法者，而今又已能日文，当可融会两者求得捷径，因相研索，订有若干通例，使初习日文径以中国文法颠倒读之，十可通其八九，因著有《和文汉读法》行世。（《梁启超年谱长编》）

此书初版印行后，不断翻印增订，二十年前，本人曾撰写过《〈和文汉读法〉》一文介绍相关情况。梁启超的初衷本在自学，竟得普惠学林，也算是在环翠楼留下了一段佳话。

此回箱根读书，因日本警察的监视记录缺失，不知其起讫与为时几何。其后，梁启超自述的再履其地已在1902年二三月间。《饮冰室诗话》有记：

> 壬寅正月复旅日本，独居塔泽环翠楼者月余。日忽晨起，则玉屑满庭，狂喜若逢故人也，遂成两绝句。其一云："梦乘飞船寻北极，层凌压天天为窄。羽衣仙人拍我肩，起视千山万山白。"其二云："三年越鸟逐南枝，汗渍尘巾鬓有丝。今日缁衣忽化素，溪桥风雪立多时。"

所谓"复旅日本",乃是因滞留夏威夷后,梁启超又辗转上海、香港、槟榔屿、澳洲等处,其间于1900年8月曾短暂往来日本,再入长住已是1901年5月。正月为严冬,箱根落雪本属平常,但梁氏一年多来,"所至非热带地,即暑伏节也",加之两次回归日本均当夏季,因此自言"不见雪者殆三年"(《新民丛报》十九号),才会"狂喜"并乘兴赋诗。正月二十六日(1902年3月5日)为梁启超生日,《饮冰室诗话》记其"在东海道汽车中遇三十初度"(《新民丛报》二十九号,1903年4月),如此,则梁氏而立之岁或许也在环翠楼度过。

梁启超此番居环翠楼为独处,并连续宿留一个多月,自然不可能是无事闲居。鉴于《新民丛报》1902年2月刚刚创行,半月刊的出版周期,加上最初一年,梁氏的撰稿量每期常常过半,猜想他躲到环翠楼,应是为了静心写作。而且,其述1902年10月("壬寅九月")与狄葆贤、汤叡等游箱根,重睹康有为诗作手迹的诗话,恰发表在本月31日出刊的《新民丛报》第十九号,可说是即写即刊。更明显的是,第二十一号登载的《饮冰室诗话》一则,开头即称说:"平子、孝高后[复]访余于箱根。"口气竟如同现场报道,且明显以在地者自居。而此期刊物出版于11月

30日，让人感觉从10月到11月，梁启超似乎一直以环翠楼为家。

11月狄葆贤与罗普的来访又有新情节，三人于"月夜相与登塔峰绝顶"，并高歌康有为的《出都留别诸公》中"天龙作骑万灵从"一诗，"觉胸次浩然"。回到环翠楼，狄氏又"写其近作杂诗十二绝见示"。最末两首，一作："千家好梦初成候，我独高歌也枉然。楼外繁星光悄寂，奇声应隔万重天。"一作："落照依微月上迟，共谁终古话相思。刹那悟了前生事，恰似今宵梦醒时。"谓为状写当下情境，亦无不可。梁启超读后，"洒然若有所得，茫然若有所失"。于是忆起早年与狄葆贤、谭嗣同、唐才常等共同学佛，"日辄以'为一大事出世'之义相棒喝"。而"比年以来，同学少年，死亡流落"，谭与唐相继赴义；梁自我检讨，则"饱经世态，沉汩外学，吾丧真吾久矣"。难得有狄葆贤这样的挚友肯直言相劝，此次见面，狄问梁"以近所得，且勖以毋忘旧业"，梁启超因而有"冷水浇背"、泠然觉悟之感。如此同学相互激励、奋发救世的情义，实令后世如我辈敬慕。

另据日本警方1906年1月8日的监视报告，"箱根塔之泽滞在中清国流亡者梁启超于本月 2 日返（横）滨"（《梁启超与日本》）。看来，这次在环翠楼，梁启超仍然住了多日。11 月之后，梁移居距神户八十里的须磨村，踪迹已少至东京、横滨一带。或许本年的元旦，就是他最后一次留宿环翠楼吧。

梁启超之于环翠楼既然常来常往，想象此地保留了不少其人手迹原很合理。不料事实恰好相反，目前能够见到的梁氏书法，仅为其抄录的杜甫《倦夜》诗。原本倒是相当壮观，写在将近一人高的六联屏风上。此件未署书写时

梁启超书写的六联屏

间，若据杜诗原句："竹凉侵卧内，野月满庭隅。重露成涓滴，稀星乍有无。暗飞萤自照，水宿鸟相呼。万事干戈里，空悲清夜徂。"似应为夏季所作。观其笔致，又不类初期作品。未能面见楼主人询问，只能存疑，何况主人也未必清楚知晓。一般情况，这座书屏在当令的季节才在宴会厅摆放；今日请出，置于宽大的万象阁，则完全是为我们准备的了。

告别环翠楼

次日清晨，七点即匆忙起床，因昨日已被告知，七点半要来收拾床铺。八点，早餐准时送到，照例精美、丰盛。九点，山口与坂元同来。一位自称小林的年轻女店员告知，原本答应清早赶回的当家的，有事耽搁了，由她负责简单介绍一下本店历史。我当时忙于陪山口与坂元到各处补拍照片，多半时间小林都在和平原交谈。

小林复印了一些资料送给我们。平原问到楼中所藏文献情况，特别提及如果有晚清人物的笔谈会很重要。小林不清楚，答应转告楼主人留意。她也说到1919年（大正八年）环翠楼曾经重建，很快遇到1923年的关东大地震，受损严重。后费时一年多重修，即为现在木结构的四层建筑。尚有三号馆因需要筹措经费，仍未恢复。平原建议申请国家补助，小林认为，箱根类似环翠楼这样有历史的建筑不少，政府很难普遍出资。而最高兴的是，从她那里得知，我们留宿的名为"月影"的房间，当家的认为就是梁启超昔日所居，因此特意安排给我们。但写作此文时方才细想，既然目前的主体建筑已是大正年间重建，我们也只能说是住在想象中的梁启超当年的方位吧。尽管如此，我还是很感激主人的善解人意。并且，山水未改，风光依旧，梁启超当年眼中的景色，与今日应无大差别吧。

十点告辞出门。今日的游览项目主要在山上。先到三河屋试试运气，可惜店主不在，未能入内。转去箱根关所参观，眺望芦之湖，由于阴雨，无法见到富士山倒影湖中的美景，甚至这座日本第一高峰也在若隐若现中。然而，记起"月影"室内悬挂的伊藤博文诗作，吟咏的应该就是眼前这般景物了：

富岳巍巍笋碧空，古城落落没林中。
青峦四面留余雪，白首养颜与我同。

漫步东海古道,穿行于杉木林中,感觉时光倒流,仿佛又回到了明治时代。

此次箱根之旅,是以观赏过冈田美术馆,于院中泡脚时忽降大雨,仓促到汤本站搭急行车回东京而结束。

2019 年 3 月 7 日于京西圆明园花园

又及:近日,山口守教授又带朋友入住环翠楼,店主再次应约展示了旅日国人留下的墨宝,比我前次所见续有增添。明遗民朱舜水写于"癸卯仲冬"即 1663 年的书迹无疑最为珍贵,却与我的兴趣有间。还是回到晚清,除长年悬挂的"山清水秀"外,孙中山另有"环翠楼中虬髯气,涌金门外岳飞魂"的条幅,明显是以唐传奇中识得"真天子"李世民,并以全部家产移赠李靖与红拂夫妇助成王业的义士虬髯客称美楼主人,而借宋代抗金名将岳飞自吐怀抱。

清宗室载泽在此也留下两幅墨迹,分别移录了杜甫的"两个黄鹂鸣翠柳"与杜牧的"青山隐隐水迢迢",均为国人耳熟能详的唐诗绝句。值得注意的是写作时间,老杜一诗记为"丙午春日""书于环翠楼",小杜一诗署作"丙午春初"。"丙午"乃公历1906年,时当五大臣出洋考察宪政,载泽正是为此而来。按照行程,载泽使团1月16日到神户,21日抵东京,2月2日游箱根,4日返东京,13日离日赴美。其游箱根,住宿环翠楼,也完全是由日本政府安排的官方接待(见王美平《载泽使团访日与日本的因应》,《世界历史》2019年第一期),由此可见环翠楼在当年旅馆业中的地位之高。

当然,最让我兴奋的是有明确书写时间的梁启超真迹的现身,足以弥补我此前的遗憾。这组"壬寅正月"所写

梁启超1902年在环翠楼书赠主人的条幅

的文字共三纸，分开装裱为三轴，全文如下：

> 吾与环翠楼若有夙缘，盖山水之清奇，主人之高雅，皆使吾往往生去后之思者也。辛丑、壬寅间来此度岁，居四十余日，著书十余万言。除夕前一日遇雪，得诗两绝。其一云："梦乘飞船寻北极，……"（下略，见前引诗。下同）其二云："三年越鸟逐南枝，……"盖吾自己亦与此楼别后，奔走于布哇（按：即夏威夷）、香港、濠洲（按：即澳洲）。所至皆遇炎节，不见雪者三十阅月矣。今屏迹山居，浩然有复见真吾之想。濒行，铃木渔长复索吾写此，留雪泥鸿迹云。

此则所写，适可与前述《饮冰室诗话》并观，其意义等同于底本。据此可知，《诗话》之"日忽晨起"，实为辛丑除夕前一日事，并可指认为1902年2月6日清晨。所谓"独居塔泽环翠楼者月余"，也可具体落实为四十余日，时间是从辛丑岁末至壬寅正月。前述梁启超三十岁生日当天正在东海道乘车，应该就是他离开环翠楼回家欢聚之时。至于四十多天内，"著书十余万言"，也可证实此前的猜测：

梁启超躲到此间，乃是专心为刚刚创刊的《新民丛报》撰稿。此件的落款因此署为"饮冰室主 启超"，而"饮冰室主人"名号的出现，标志着梁启超的写作进入了"《新民丛报》时代"。

2019年8月4日补记于京西圆明园花园

后 记

这本小书，并非完成于一时。准确地说，此书记录了笔者自1992年以来的几次游踪，所历之地兼及国内与国外，而其写作也跨越了十个年头。能够将这些散乱的叙述集合在一起的唯一理由，便是"主题专一"。读者不难发现，全书各篇都在努力寻找晚清人物的历史踪迹。

这样的结果既是有意为之，也可说是无意得之。因为无论身在何方，"晚清"总是最令我兴奋的话题。有机会追随研究对象漂洋过海，旅行异域，细心辨认那些遗落在海外的先贤足迹，每当此时，原本漠不相关的他国立时便与我有了某种缘分，变得亲切、熟悉起来。以致由此形成了一种思维定式：一景一物当前，我必定先要回想，那些杰出的晚清人物是如何描述、评价的。然后才在他们确立的坐标上，进行今昔对比。也就是说，我与一般的游客不同，不是直接就亲眼所见比较古今中外，而是以"晚清"为中介，透过晚清人的眼睛看世界。这样得到的世界图景也许过于理性，或竟"捡了芝麻，丢了西瓜"，但在我总觉其乐无穷。

古人将"读万卷书，行万里路"作为学者最高的人生境界，原是强调"行路"有益于"读书"（治学）。以前不明此义，只知埋首文献，觉得除非像顾炎武那样，立志写作《天下郡国利病书》或者《肇域志》一类经世致用的史地著作，才需要借助这种"走读"方式。否则，走路即旅游，读书即研究，分而治之，并不会影响史学论述的可靠性，还会使游览更轻松愉快。而"不古不今"的晚清研究从根本上纠正了我的偏见。试想，时间过去还不到一个世纪，故居犹存，山川未改，甚至梁启超那一代人当年面对的诸多问题，今日仍然困扰着我们。你自然希望通过"触摸历史"，还原场景，体贴晚清人的复杂情感与深微理路，将一度中断的思考接续起来。

初次走向世界的晚清人所获得的惊喜，在他们的著述中有极为形象、直观地展现。可惜,在通常的情况下,那种新鲜感与冲击力已不可复现,因为电视的普及钝化了我们的感觉。很多时候,我是经由晚清人的眼光与感受,恢复知觉,使世界在我面前重新生动起来。我把这也看作历史寻踪附带来的特别好处。

因为各篇写于不同的年份,编成一书时,起初为了追求整体合一的效果,曾试图抹掉篇末的完稿时间,同时在行文中提示出游日期,以明究竟。但各文写作时的情境不同,很难泯灭痕迹,强求统一。最后还是决定任其自然,以保留当初的口气与心境。也许,这么一来,全书因此显得不够完整,这一点是要请读者原谅的。

2002 年 7 月 21 日于京北西三旗

补 记

本书原名《返回现场——晚清人物寻踪》,现将副题扶正,乃是为了与整套中的其他三册书名匹配,何况,这也是对本书内容最准确的概括。至于"返回现场",原是贯穿其中的学术眼光与方法。我的这类写作毕竟属于学术随笔。

篇目中删去了"余篇"所包含的两则文字《登陆塘沽:梁启超流亡归来》与《阅读秋瑾:一代英雌的人生意义》,当初因担心字数不够,而二文对正文或有补充,或可延伸,故一并纳入。

此次修整,则以后来成文的《澳洲:寻找梁启超文踪》(原题《寻找梁启超澳洲文踪》)与《箱根:跟着梁启超,夜宿环翠楼》替换,庶几保持了全书统一的游记风格。排目方面,原拟依照晚清人物游踪的先后,将《澳洲》一文插入《美国:大洋彼岸的历史遗存》之后;但因其中提到了《返回现场》一书,读来不免突兀,故还是顺从写作时序,以新增的两篇殿后。并且,《澳洲》一篇也仿照先前的体例,选录了几首有关系的诗作。

书中各文曾分别在《读书》《十月》《东方文化》《书城》《上海文学》《书屋》与《文汇学人》刊发,感谢诸位编辑的约稿与厚爱。

2018 年 7 月 30 日于漠河北极村

2019 年 7 月 21 日于京西圆明园花园修订